VAKANTIEVRIENDINNEN

Lees ook van Gonneke Huizing:

4-Love

Babylove

Verboden te zoenen

Citostress, turntoestellen en afscheidsfeest

www.uitgeverijholland.nl
www.gonnekehuizing.nl

Life

Gonneke Huizing

VAKANTIEVRIENDINNEN

Uitgeverij Holland - Haarlem

Dit boek kan gekozen worden door de Jonge Jury 2011
www.jongejury.nl

Omslagontwerp: Studio Jan de Boer

ISBN 978 90 251 1090 1
NUR 284

-1-

Zachtjes kneep ze met haar duimen en wijsvingers in haar buik. Vetrolletjes. Kleintjes weliswaar, maar toch. Daphne zuchtte diep.
'Past ie?' Dat was de stem van haar moeder.
'Ja,' antwoordde ze, een beetje lusteloos.
'Laat eens zien dan!' Haar moeders hand schoof het gordijntje een stukje opzij. 'Kom er eens uit!'
'Echt niet!' Ze schoof het gordijn met een ruk weer dicht. Ze zou wel gek zijn haar bikini buiten de veilige beslotenheid van het pashokje te showen.
'Kind, doe toch niet zo preuts.' Haar moeder stak haar hoofd om het gordijn heen. 'Zit dat broekje niet te laag?'
'Dat is mode, mam!'
'Ik vind het ordinair,' zei haar moeder beslist. 'Ik kijk nog wel even.' Ze schoof het gordijn dicht en verdween.
Daphne zette haar handen op haar heupen en bekeek haar lichaam kritisch in de grote spiegel. Haar heupen waren oké, daar was ze tevreden over, maar die borsten, die waren veel te groot. Cupmaat C had ze. Ze haatte haar dikke tieten. Als ze durfde, zou ze naar de dokter gaan voor een borstverkleining. Haar moeder had haar uitgelachen toen ze had geklaagd over haar borsten.
'Je bent goed zoals je bent!' had ze gezegd. En toen was ze

het betreffende nummer van Kinderen voor Kinderen gaan zingen. Vroeger had Daphne uit volle borst meegezongen, maar nu had het haar mateloos geërgerd.
Ze draaide een kwartslag en probeerde zichzelf van achteren te bekijken. Ze had gelukkig geen dikke kont. Als ze een spijkerbroek kocht, had ze meestal maat 28 of 29.
Haar moeders arm verscheen om het gordijn met in haar hand de meest tuttige bikini denkbaar. 'Hoe vind je die?'
'Niet mooi.'
'Pas hem toch even, om mij een plezier te doen.' Mama duwde de bikini resoluut in haar handen.
Daphne prutste aan het haakje op haar rug om haar bovenstukje los te maken.
Een oude-wijven-ding, had ze het liefst willen zeggen, maar dat deed ze niet. Dan voelde mama zich beledigd. Haar moeder was achtenvijftig, vet oud. Maar haar vader was nog erger, die was al achtenzestig! Meer een opa dan een vader. Mensen dachten dat ook vaak. Saai was het, dodelijk saai.
Ze deed haar bikinibroekje uit en stak haar benen in de pijpen van haar spijkerbroek.
Haar ouders waren al jaren getrouwd, toen mama opeens toch nog zwanger werd. Daarvoor hadden ze het eindeloos geprobeerd, maar het was niet gelukt. In het ziekenhuis hadden ze gezegd dat niets een zwangerschap in de weg stond, maar het lukte al die jaren domweg niet. Tot ruim vijftien jaar geleden dus. Toen was het opeens wel gelukt. Mama vertelde wel eens over die tijd en dan kreeg ze altijd tranen in haar ogen.

'Kind, je kunt je niet voorstellen hoe gelukkig we waren. Al die tijd hadden we zo naar een kindje verlangd.'
'Waarom hebben jullie dan niet eerder reageerbuisbevruchting gedaan,' had Daphne nuchter opgemerkt.
'O nee,' had mama gezegd. 'O nee, geen haar op ons hoofd die daaraan dacht. We wilden de natuur zijn gang laten gaan.'
Daphne schoot in haar shirtje.
'Heb je 'm al aan?' vroeg mama.
'Nee.' Ze schoof het gordijn opzij.
'Ga je niet meer passen?' vroeg haar moeder.
'Nee, ik doe die van vorig jaar wel weer aan.'
'Maar...' begon haar moeder.
'En wanneer mag ik nou een keer kleedgeld? Iedereen in de klas heeft al kleedgeld.' Daphne vroeg het zonder enige hoop.
'Daar hebben we het over gehad. Jonge meisjes kleden zich vaak zo, zo ordinair. Papa en ik willen dat je er fatsoenlijk bijloopt.'
'Ik loop er fatsoenlijk bij.'
'Dankzij mij. Als het aan jou lag, had je als kind van twaalf al een string gedragen.'
'Dat zeg je altijd, als we het over kleedgeld hebben. Nu wil ik echt geen string meer.'
Daphne dacht aan de eerste periode in de brugklas met de 'stringmeiden'. Wat had ze graag bij dat groepje gehoord. Ze had eerst om een string gevraagd en later had ze er een bij de Zeeman voor twee euro gekocht. Maar ondanks die string had ze er niet bij gehoord.

'Nee, nu wil je zo'n onvoorstelbaar dure onderbroek van, hoe heet die man ook, nou ja, van die tennisspeler.'
Daphne zei niets. Een paar weken geleden had ze haar moeder meegenomen naar de Björn Borg winkel. Ze zou een goed rapport krijgen en ze had gehoopt dat dat wat zou opleveren. Mama was echter steil achterovergeslagen van de prijzen en ze was er niet over uitgepraat geraakt dat het mode was dat ze de rand van je onderbroek konden zien. Ouderwets, dat waren haar ouders.
'Wil je dan per se deze bikini?' Haar moeder wees op de bikini met het in haar ogen te lage broekje.
Daphne haalde haar schouders op. Wat maakte het eigenlijk ook uit. Een nieuwe bikini of die van vorig jaar. Op de camping waar zij de hele zomer met haar ouders doorbracht, kwamen alleen oude mensen of gezinnen met jonge kinderen. Al zolang ze zich kon herinneren hadden haar ouders een grote caravan vlak buiten de stad. Morgen gingen ze er weer voor zes weken naar toe. Zes lange, saaie weken.
'Nou vooruit dan maar!' Haar moeder stevende met de bikini in haar handen op de kassa af.
'Blij?' vroeg ze, toen ze het plastic zakje even later in haar dochters handen drukte.
'Jawel,' zei Daphne zonder enig enthousiasme.
'Je mag best wat blijer zijn,' zei haar moeder bestraffend. 'Doe toch niet altijd zo bokkig. Krijg je je zin, is het nog niet goed.'
Zwijgend liep Daphne naast haar moeder naar de bushalte om de bus terug naar huis te nemen.

- 2 -

Daphne was bezig haar zomerkleren uit de kast te halen. Wat paste nog wel en wat niet? Wat wilde ze nog dragen en wat absoluut niet? De kleren die ze wilde houden vouwde ze netjes op en legde ze op een stapeltje. Shirtjes bij elkaar, hemdjes en een stapeltje van korte broeken. Twee spijkerbroeken, vier vestjes, sokken. Een deel van de kleren verdween in de grote reistas en de rest legde ze terug op de plank.
De kleren die weg konden, stopte ze in de rode zak die eens in de zoveel tijd opgehaald werd. Mama zou ongetwijfeld alles er eerst nog weer uithalen om te kijken wat ze allemaal wegdeed. Gelukkig kon ze haar niet dwingen kleren aan te trekken die ze niet wilde. Dat had vroeger enorme conflicten opgeleverd, met veel gestampvoet en gehuil van haar kant en een zeer volhardende moeder aan de andere kant. Ze had altijd verloren tot die ene keer. Ze was toen elf geweest, bijna twaalf.
Mama had in de opruiming een spijkerbroek gekocht, eentje met geborduurde roosjes. Ze had hem zelf eerst ook leuk gevonden, maar de meiden in haar klas hadden haar genadeloos uitgelachen om haar roosjesbroek. Thuisgekomen had ze de broek uitgedaan en haar oude, vertrouwde broek, die haar te kort werd en op de knieën slij-

tageplekken begon te vertonen, weer aangedaan.
Haar moeder was eerst boos geweest en daarna verdrietig. 's Avonds had haar vader zich er nog mee bemoeid, maar ze had volgehouden. De volgende ochtend was haar oude broek weggeweest en ook al haar andere broeken. Alleen de roosjesbroek had over de leuning van haar stoel gehangen. Daphne herinnerde zich nog hoe ze in machteloze woede de inhoud van haar hele klerenkast op de grond had gesmeten en daarna in haar bed was gaan liggen met haar hoofd onder haar dekbed.
Haar moeder had het dekbed van het bed getrokken en haar gesommeerd op te staan, zich aan te kleden én haar kast op te ruimen.
'Als ik mijn oude broek aanmag,' had ze gezegd en daar was ze bij gebleven. Ze was gewoon in bed blijven liggen en pas om twaalf uur opgestaan, toen haar moeder haar ten einde raad de broeken weer had teruggegeven. Het had haar een vrije ochtend opgeleverd en meer vrijheid in haar kledingkeuze. Een beperkte vrijheid weliswaar, want als zij iets mooi vond en haar moeder niet, kreeg ze het gewoonweg niet.
Sindsdien vond mama haar 'een moeilijk kind'. Dat had ze een keer opgevangen toen mama en oma met elkaar aan het praten waren.
Een moeilijk kind! Pffff, haar moeder wist niet wat ze zei. In haar klas zaten heel wat moeilijker kinderen. Meiden die gewoon deden wat ze zelf wilden. Die zelf bepaalden wanneer en hoelang ze op de computer gingen. Die elke

zaterdagavond naar de disco gingen. Die zelf hun kleren kochten. Een paar van hen waren zelfs al aan de pil.
En dan was zij moeilijk? Het was maar net wat je moeilijk noemde. Zij vond het vrij gewoon dat die meiden zelf bepaalden wat ze wel en niet wilden, maar haar ouders niet. Die hadden in de krant enge verhalen over de disco en internet gelezen. Over jongeren die zich 'indronken' voordat ze uit ging. Over pilletjes die uitgedeeld werden. Over kinderlokkers op internet. Over de gevaren van de webcam en over meisjes die in handen van genadeloze loverboys vielen.
Alsof zij niet op zichzelf kon passen. Zij zou heus niet zo stom zijn om haar kleren voor de webcam uit te trekken. Dat kon trouwens niet eens meer, want haar vader had, na lezing van het betreffende artikel in de krant, de webcam opgeborgen.
Ze hoorde haar moeder onder aan de trap roepen dat het eten klaar was. Ze pakte de rode zak op en nam hem mee naar beneden.

Na het eten bracht ze de vuile borden naar de keuken en zette ze in de vaatwasser, terwijl haar moeder het fornuis schoonmaakte.
'Heb je alles wat mee moet ingepakt?' vroeg haar moeder.
'Helemaal,' antwoordde ze.
'Moet ik nog kijken of je alles bij je hebt? Heb je bijvoorbeeld...?'
'Maham, ik ben vijftien, geen vijf! Mag ik nog even op de computer?'

'Wat wil je gaan doen?'
Daphne verbeet een lachje. Haar ouders hadden verleden jaar een soort cursus gedaan. *Uw puber op de computer.*
'Gewoon even op hyves kijken of op msn.'
'Een half uurtje,' besloot haar moeder.
'Het is vakantie, hoor!'
'Goed, een uur dan, maar ook geen minuut langer.'
Daphne startte in de woonkamer de computer op. Haar hartenwens was een eigen laptop op haar kamer met internetverbinding natuurlijk. Zodra ze zestien was nam ze een zaterdagbaantje en dan ging ze ervoor sparen. Ze logde in bij hyves en zag dat Sanne haar gekrabbeld had.
Haar vader legde zijn krant neer en kwam naar haar toe.
'Is het leuk?'
'Wat?'
'Wat je aan het doen bent op de computer.' Hij kwam achter haar staan.
Daphne draaide zich naar hem om en zag hem nieuwsgierig naar het beeldscherm kijken.
'Pahap, mag ik een beetje privacy alsjeblieft?'
'Natuurlijk schat.' Hij deed een paar stappen achteruit.
'Wat is ze aan het doen?' vroeg haar moeder, die de kamer binnenkwam met een blaadje met drie kopjes koffie erop.
Daphne had zin om keihard te gaan gillen. Ze deed het niet, want dan moest ze meteen afsluiten.
Ze draaide zich naar haar ouders om. 'Vertrouw me nou gewoon eens een keer,' zei ze een beetje moedeloos. 'Sanne heeft me gekrabbeld.'

'Dat aardige meisje uit je klas.' Haar moeder zette de koffie naast haar neer. 'Gooi het niet over het toetsenbord.'
Daphne las de krabbel van Sanne en opeens flitste er iets van opwinding door haar heen. Sanne vroeg of ze bij elkaar zouden logeren. Zij ging eerst drie weken met haar ouders naar Corsica en dan zou ze daarna een weekje in de caravan willen komen. En dan daarna Daphne een week bij haar.
'Mam, pap.' Ze draaide zich om naar haar ouders die op de bank de krant zaten te lezen. 'Mag Sanne een weekje komen logeren op de camping en daarna ik bij Sanne?'
Haar ouders keken over de krant heen even naar haar en toen naar elkaar. 'Logeren?' vroeg haar moeder aarzelend.
'Ja,' zei Daphne, 'zij bij ons en ik bij haar. Dat vraagt ze.' Ze pakte haar koffie en nam een slok. 'Mag dat, alsjeblieft? Alsjeblieft?' Ze wachtte gespannen op het antwoord. Ze zouden kunnen gaan zwemmen in het zwembad vlak bij de camping en misschien zouden ze samen wel een keer mogen gaan winkelen. Dit zou de hele vakantie in één klap een stuk minder saai maken. Ze zou iets hebben om naar uit te kijken.
'Een aardig meisje, die Sanne,' meende haar vader.
'Ja, dat wel,' gaf haar moeder toe, 'maar een logé brengt veel drukte mee. En waar moet ze slapen?'
'Sanne heeft een tentje, daar zouden we samen in kunnen. En wij zullen koken én afwassen, dan heb je er juist geen drukte van, maar gemak. Toe mam, mag het?'
Er viel een stilte. Daphne keek gespannen naar haar ou-

ders. Zou het mogen? O, laat het mogen, bad ze in stilte, laat het mogen.
'Het is wel gezellig voor ons Daphje,' verbrak haar vader de stilte.
'Wíj zijn er toch,' meende haar moeder.
'Natuurlijk, maar een meisje van haar eigen leeftijd is toch anders,' pleitte haar vader. 'Laten we het maar goed vinden, vind je niet Hanna?'
'Vooruit dan maar,' gaf haar moeder toe, 'maar...'
Daphne liet hen niet uitpraten. 'Bedankt, mam, pap. Echt cool van jullie! O ik ben zo blij! Vet, gaaf, cool!' Ze wilde het liefst van haar stoel opspringen om de blijdschapkriebel in haar benen de ruimte te geven. In plaats daarvan draaide ze zich weer om naar haar toetsenbord en liet haar vingers over de toetsen roffelen.
'Ben je zo blij?' vroeg haar moeder een beetje verbaasd.
Daphne knikte. 'Het maakt mijn hele vakantie goed!'
'Is het dan zo erg met ons alleen?' Haar moeders stem klonk gekwetst.
'Alleen maar boring,' zei Daphne. 'Wat is er nou voor mij te doen, daar?'
'Je kunt lezen, zwemmen en spelen met de andere kinderen.'
'Die zijn veel te jong voor mij.'
'Vroeger vond je het leuk,' zei haar moeder.
'Ja, vroeger, maar nu niet meer.'
Ze hoorde achter haar rug haar moeder een keer heel diep zuchten.

- 3 -

Daphne zat op de houten vlonder voor hun grote stacaravan en staarde over haar boek naar het speeltuintje aan de andere kant van hun veldje. Een tweeling, twee meisjes van een jaar of vier speelden samen in de zandbak. Ze hadden allebei dezelfde knalroze, oranje gebloemde jurkjes aan en maakten het ene zandgebakje na het ander.
Daphne dacht aan de tijd dat zij nog zo klein was. Toen was het allemaal lekker simpel. Ze speelde met de andere kinderen en papa en mama waren alleen maar lief. Ze waren natuurlijk nog steeds lief, maar er was de laatste tijd steeds meer onenigheid. En ze verveelde zich helemaal dood.
Ze keek naar de twee blonde meisjes die zo sprekend op elkaar leken. Was zij ook maar de helft van een tweeling. Dan was het twee tegen twee. Wel zo eerlijk.
Ze geeuwde. Ze hoopte maar dat er wat mensen zouden reageren op haar briefje om op te passen. Sanne had haar op het idee gebracht, toen ze klaagde over de saaie weken op de camping. 'Kun je mooi wat bijverdienen,' had ze gezegd.
Haar ouders hadden het goed gevonden, maar ze mocht niet langer dan tot twaalf uur.
'Ga je mee boodschappen doen?' Haar moeder kwam naar

buiten met in elke hand een grote boodschappentas.
Daphne stond op. Ze had toch niets anders te doen, dus zelfs boodschappen doen was een welkome afleiding.
In de supermarkt was het koud en ze rilde in haar dunne bloesje. Ze stond bij de tijdschriften te kijken. Er was een nieuwe *Girlz* en ze bladerde hem door.
'Wat lees je?' Haar moeder kwam met een volle boodschappenkar naast haar staan.
Snel sloeg ze het tijdschrift dicht. 'Deze!' Ze liet de voorkant zien.
Haar moeder pakte het tijdschrift aan en legde het boven op de boodschappen.
'Dank je, mam,' zei Daphne.
Toen degene voor hen aan de beurt was, bedacht haar moeder dat ze een brood vergeten had. 'Pak jij maar vast de kar uit, ik ben zo terug.'
Daphne begon de boodschappen op de band te leggen.
'Hé, jou ken ik toch?' Naast haar stond een jongen. 'Jij zit toch ook op het Lieflandtcollege?'
Zijn gezicht kwam Daphne vaag bekend voor. 'Eh ja,' zei ze.
'Hoe heet je?'
'Daphne. Daphne Dentinck.'
'Ik ben Jent. Ik heb hier mijn vakantiebaantje. Vakken vullen.'
'O,' zei Daphne. 'Leuk?'
'Och ja, het verdient lekker, dat vooral. En ik heb ruim twaalf weken vakantie. Dat heb je als je examen gedaan

hebt. Mijn vakantiebaantje hier zit er bijna op en daarna ga ik nog in de stad bij *Jobs lekkere broodjeshuis* werken. Alleen maar vakken vullen is wel erg saai.'
'Heb je havo gedaan?' vroeg Daphne.
'Nee, vmbo-tl, maar ik ga nu de havo nog doen.'
'Ik misschien ook,' zei Daphne.
'In welke klas zit jij dan?' wilde Jent weten.
'Ik ga naar de vierde vmbo-tl.'
'Woon jij hier of zo?' Jent legde ook een paar boodschappen op de band.
'Ik woon in de stad, maar ik zit hier in de buurt met m'n ouders op de camping.'
'Misschien kunnen we samen een keer...' begon Jent.
Op dat moment legde haar moeder het brood op de band.
'Zo, net op tijd,' zei ze tevreden.
'Mam, dit is Jent, een jongen van mijn school.' Daphne verschoof het brood een stukje.
Jent gaf haar moeder keurig een hand. 'Nou, ik moet weer aan het werk,' zei hij. 'Ik zie je hier vast nog wel een keertje, toch?' vroeg hij aan Daphne.
Ze knikte. Ze baalde ervan dat ze nu niks wist te zeggen. Ze pakte de boodschappentassen van het haakje van de kar en begon de boodschappen die al gescand waren, in te pakken.

In de auto vroeg haar moeder haar het hemd van het lijf over Jent. Daphne staarde naar de voorbij schietende bomen. Haar moeder wilde altijd het naadje van de kous weten.

'Waarom vertel je niks over die jongen?' Haar moeders stem klonk een beetje geïrriteerd.
'Omdat ik verder niks over hem weet en wat ik wel weet heb ik je al verteld.'
'Papa en ik vinden het echt niet goed dat je met zo'n jongen op stap gaat, als je dat maar weet!'
'Wat bedoel je met 'zo'n jongen'?'
'Nou, zo'n jongen die we helemaal niet kennen.'
'Ík ken hem toch?' Daphne zuchtte. Wat een ontzettend gezeur.
'Ja jij.'
'Hoezo nou 'ja jij'?' Denk je soms dat ik onnozel ben of zo?'
'Je bent nog een kind!'zei haar moeder beslist.
Daphne deed er het zwijgen toe. Dit soort gesprekken met haar moeder leverden nooit wat op. Het zou leuk zijn geweest iets met Jent af te spreken. Hij leek haar aardig.

'Het leven is goed zo.' Haar vader wreef tevreden in zijn handen, voordat hij aan zijn appeltaart begon die ze meegenomen hadden uit de supermarkt.
Haar moeder knikte. 'We hebben niets te klagen. Lekker weer, mooie omgeving, wat wil je nog meer? Vind je niet, Daphne?'
'Hè wat?' Daphne keek op van haar tijdschrift.
'Zullen we na de koffie gaan fietsen en dan ergens op een terrasje lunchen?' stelde vader voor.
'Ik blijf hier,' zei Daphne beslist. Ze had al zoveel van die fietstochtjes achter de rug en ze kende de verveling ervan.

Ze paste ervoor om nog langer in haar eentje achter pa en ma aan te fietsen.
'Wat ga jij dan doen?' vroeg haar moeder.
'Gewoon, een beetje lezen en dan misschien straks zwemmen.'
'Ga toch gezellig met ons mee,' zei haar moeder. 'Wat is er nu aan om in je eentje te zwemmen? Als je wilt zwemmen kunnen we aan het einde van de middag samen gaan. Dat is toch veel gezelliger.'
Alsjeblieft niet, dacht Daphne bij zichzelf. Ze zag zichzelf al samen met haar ouders het water induiken. Gezellig, gezelliger, gezelligst. Dat was vroeger, maar nu dus niet meer.
'Laat haar maar,' zei haar vader.
Zwijgend werkte haar moeder de appeltaart en koffie naar binnen.

Daphne keek haar ouders na, toen ze met hun fiets aan de hand het keurige laantje uitliepen. Aan het eind ervan keek haar vader nog even om en zwaaide. Haar moeder keurde haar geen blik meer waardig.
Daphne verdiepte zich weer in haar *Girlz*. Vooral de pagina's *boyologie* las ze extra goed. Ze had nog nooit een vriendje gehad.
De gedachte aan Jent drong zich weer aan haar op. Hij had haar aangesproken. Zou hij haar leuk vinden?
Misschien zouden ze een keer iets af kunnen spreken als ze na de zomer in de vierde van het vmbo-tl zat. Mis-

schien konden ze samen naar het schoolfeest, dat altijd de vrijdag voor de herfstvakantie gehouden werd. Desnoods zou ze het stiekem doen. Haar moeder kon wel zoveel niet willen.

Toen ze het tijdschrift uithad, pakte ze haar zwemspullen in en reed op de fiets naar het grote openluchtzwembad dat op ongeveer twee kilometer van de camping lag.

- 4 -

Ze had uitgebreid gezwommen en zich net lekker op het grote badlaken geïnstalleerd, toen er een stukje verderop een meisje kwam zitten. Ze had lang donker haar, een zongebruinde huid en ze droeg een zwarte bikini. Ze had echt een modellenlijf. Lange slanke benen, smalle heupen en een platte buik.

Daphne keek naar haar witte benen en wenste dat zij al zo bruin was. Ze smeerde zich in met zonnebrand en liet zich achterover vallen.

'Hé, mag ik jouw zonnebrand lenen, ik ben de mijne vergeten?' Het donkere meisje was naar haar toe gekomen.

'Heb jij zonnebrand nodig?' Het was eruit voor ze het besefte en ze had meteen spijt van haar opmerking. Misschien dacht het meisje wel dat ze haar zonnebrand niet uit wilde lenen.

Het donkere meisje lachte. 'Tuurlijk, anders ben ik over twintig jaar een en al rimpel.'

Daphne reikte haar zwijgend de fles zonnebrand aan.

Het meisje smeerde zich van top tot teen in. 'Wil jij mijn rug doen? Wacht, ik pak even mijn badlaken.'

Daphne zag hoe ze haar badlaken over haar ene schouder zwiepte en haar tas over de andere.

'Ik kom bij jou zitten. Oké?' Ze wachtte niet op antwoord,

maar spreidde het badlaken al naast Daphne uit en plofte erop. 'Chelsea.' Ze stak haar hand uit.
'Daphne.' Ze schudde een beetje overdonderd de uitgestoken hand.
Chelsea draaide zich op haar buik en maakte op haar rug de sluiting van haar bikinibovenstukje los. 'Ik wil overal bruin worden,' verklaarde ze. 'Smeer je even?'
Daphne spoot wat van de witte zonnemelk op haar handen en wreef ermee over Chelseas zachte, warme huid.
'Nu jij!' Chelsea kwam half overeind en pakte de zonnebrand.
Het was een aparte sensatie die vreemde, zachte handen op haar blote rug. Ze maakte een verschrikte beweging toen Chelsea het sluitinkje van haar bovenstukje losmaakte.
'O sorry,' zei Chelsea een beetje geschrokken, 'dat had ik natuurlijk even moeten vragen. Ik maak 'm wel weer vast.' Ze prutste aan Daphnes sluitinkje.
'Nee, laat maar, je hebt gelijk. Het is mooier om overal bruin te worden.'
Ze lagen een poosje zwijgend naast elkaar. Daphne gluurde even opzij naar Chelsea. Het leek wel of ze in slaap was gevallen. Ze voelde zichzelf ook helemaal soezerig worden door de warme zon op haar lijf. Ze sloot haar ogen en luisterde naar de zwembadgeluiden. Het gegil en geschreeuw van kinderen en het geluid van water dat onophoudelijk in beweging was. Het geluid ebde steeds verder weg.

'Ik heb zin in een patatje, jij ook?'
Daphne schrok wakker van een vinger die in haar zij prikte.
'Kom op, ik trakteer!' De vinger prikte nog een keer.
Slaperig krabbelde Daphne overeind. Ze voelde zich warm en plakkerig.
'Je vergeet je bovenstukje!' Chelsea lachte.
Verschrikt sloeg Daphne haar handen voor haar borsten.
'Joh, wat maakt het uit. Wacht, ik help je even.' Chelsea haakte de sluiting vast. 'Je hebt mooie tieten.'
'Ik?' Daphnes stem schoot uit in verbazing.
'Niet te groot, niet te klein en mooi stevig. Daar houden jongens van. Wist je dat?'
Daphne wist even niets te zeggen. Het was raar om met een vreemde over haar borsten te praten.
'Heb je een vriendje?' wilde Chelsea weten.
Daphne schudde haar hoofd. De ontmoeting van vanochtend in de supermarkt flitste even door haar heen. 'Jij?'
'Nee, mijn verkering is net uit. Nou, gaan we nog een patatje halen of niet?'
'Ik wil eerst even zwemmen. Ik stik.' Daphne veegde het haar uit haar gezicht en blies even omhoog over haar gezicht.
'Oké!' Chelsea sprong overeind.
Samen liepen ze naar het zwembad.
'Woon je hier in de buurt of zo?' vroeg Daphne.
'Zoiets,' zei Chelsea. 'Jij?'
'Ik zit hier op de camping met mijn ouders.'

'Leuk?'
'Mwaaaah, gaat wel.'
'Hoelang blijf je nog?' wilde Chelsea weten.
'Nog bijna zes weken.'
'Cool!'
'Helemaal niet,' liet Daphne zich ontvallen. 'Ik verveel me dood.'
'Komt mooi uit. Ik ook.'
'Jij?' Verbaasd keek Daphne opzij. Ze had gedacht dat een meisje als Chelsea veel vrienden zou hebben.
'M'n ouders zijn met mijn kleine zusjes op vakantie.'
'Wilde je niet mee?'
'Mocht niet.' Ze nam een aanloopje en dook het water in. Daphne volgde haar voorbeeld.
'Je kunt steengoed duiken,' hoorde ze Chelsea zeggen, toen ze weer boven water kwam. 'Zo sierlijk. Wil je mij dat ook leren?'
'Zo goed als jij leer ik het nooit,' verzuchtte Chelsea na een half uur eindeloos oefenen.
'Het gaat al een stuk beter,' zei Daphne. Ze lachte. Dit was vet. Ze had vanochtend niet kunnen denken dat het zo'n leuke dag zou worden.
'Zullen we morgen weer afspreken?' vroeg Chelsea, toen ze op hun badlakens hun patatje zaten te eten. 'Het wordt hartstikke warm.'
'Is goed.' Daphne doopte een patatje in de mayo en stopte het in haar mond. Ze was ineens vol energie. Als ze straks naar huis ging, lag de rest van de dag niet meer als een ein-

deloze saaiheid voor haar, want de verveling werd verdrongen door de afspraak voor morgen.

Later in de fietsenstalling namen ze afscheid.
'Wauw, is die van jou?' Daphne keek hoe Chelsea een metallic roze met zilverkleurige scooter van het slot haalde.
'Ja, cool hè? Zelf bij elkaar gespaard van het geld van mijn zaterdagbaantje.' Ze pakte haar helm en zette die op. 'See you tomorrow!' riep ze, voordat ze er vandoor scheurde.

- 5 -

De volgende dag was Daphne om elf uur in het zwembad. Ze legde haar badlaken op dezelfde plek als gisteren en ging zitten. Chelsea was er nog niet.
Ze smeerde haar voorkant grondig in en ging op haar rug liggen. Ze zou deze vakantie goed bruin worden, had ze zich voorgenomen.
Mama had het eerst niet goedgevonden dat ze weer naar het zwembad ging, maar haar vader had ingegrepen.
'Het kind is vijftien, Hanna,' had hij gezegd. 'Ik snap best dat ze niet altijd met haar oude ouders opgescheept wil zitten.'
Zijn begrip had haar verrast.
'Ga jij dan met haar mee,' had haar moeder gezegd, 'dan is het kind niet zo alleen.'
'Maar dan ben jij alleen, lief,' had haar vader gezegd. 'En bovendien, ik zwem een paar baantjes en dan heb ik het wel gezien in zo'n zwembad.'
Daphne was zich een hoedje geschrokken. Stel je voor: samen met haar vader naar het zwembad alsof ze nog een klein kind was. Om je helemaal dood te schamen.
'Ik vind het niet erg om alleen te gaan en bovendien...' Hier had ze gestokt. Als ze over Chelsea vertelde, zou haar moeder natuurlijk weer het naadje van de kous willen

weten en daar had ze geen zin in. Bovendien had ze zich gerealiseerd dat ze zelf ook niets van Chelsea wist, alleen dat ze niet met haar ouders mee mocht op vakantie.
'Bovendien wat?' had haar moeder gevraagd.
'Bovendien heb ik een heel mooi boek. Zwemmen, zonnen en lezen, zwemmen, zonnen en lezen, meer hoef ik niet,' had ze gezegd.
'Heey Daphne!' er viel een schaduw over haar heen.
Knipperend tegen het felle zonlicht zag ze Chelsea staan.
Ze droeg een kort wit broekje met een zwart topje daarboven.
Ze dacht aan haar eigen kleren. Die waren saai vergeleken bij die van Chelsea.
'Kom op, luilak, zwemmen!' Chelsea trok Daphne overeind. 'Wie er het eerste in is!'
Ze holden over het grasveld naar het water en doken.
'Ik was eerst,' proestte Chelsea, toen ze weer bovenkwamen.
'Nietes ikke.'
Ze speelden het welles, nietes spelletje totdat ze slap van de lach waren.
Ze oefenden het duiken opnieuw en deden wedstrijdjes wie het langst onder water kon blijven. Die won Chelsea voortdurend, totdat Daphne een keer verkeerd inademde en direct nadat ze onder was gegaan weer naar boven moest. Toen zag ze dat Chelsea ook boven water was.
'Jij speelt vals! Dat is gemeen!' protesteerde ze.
Chelsea lachte. 'Wie niet sterk is, moet slim zijn. Toch?'

Daphne dook naar beneden en zwom een stuk onder water. Had Chelsea gelijk en was het alleen maar slim om op die manier te winnen? Zij zou het oneerlijk noemen. Ze kwam weer naar boven en zag dat Chelsea aan de kant zat.
'Zin in een ijsje?' riep ze.
Toen ze samen op hun badlakens aan een ijsje zaten te likken, sloeg Chelsea haar arm om haar heen. 'Ik ben blij dat ik jou ben tegengekomen, anders zou ik dood zijn gegaan van verveling.'
Een beetje verbaasd keek Daphne opzij. 'Ik ook.'

Ook de derde dag was het weer stralend en zaten ze samen in het zwembad. Ze zwommen, lazen en kletsten. Chelsea had een aantal tijdschriften bij zich, ook de nieuwe *Girlz* die Daphne had. Ze lachten samen om de onderwerpen in de rubriek *Girlz talk relaties*. Chelsea las giechelend het probleem voor van een meisje dat jaloers was omdat haar hondje altijd bij haar vriendin ging zitten als die bij haar op bezoek kwam. Moet ik de vriendschap nu uitmaken, was haar vraag.
'Hoe onnozel kun je zijn,' snoof Daphne.
Toen las Chelsea het probleem voor van een meisje dat bang was voor haar opa, omdat ze altijd bij hem op schoot moest zitten.
'Nou ja zeg.' Chelsea trok haar wenkbrauwen op. 'Dat doe je toch gewoon niet. Zit jij wel eens bij je opa op schoot?'
'Die was al dood voordat ik geboren werd,' antwoordde Daphne.

'O, nou, bij je vader dan?'
'Nee, maar wel toen ik kleiner was.'
'Zat hij dan aan je?'
'Hoe bedoel je?' vroeg Daphne verbaasd.
'Laat maar.' Chelsea sloeg een bladzijde om. 'Hier, dit gaat over seks!'
'Als hij te ver gaat,' las ze voor. 'Hé, heb jij het al eens gedaan?'
Daphne voelde zich ongelukkig met de vraag. Ze had het nog nooit gedaan, maar als ze dat zei, vond Chelsea haar vast en zeker kinderachtig.
'Jij?' vroeg ze.
'Ik vroeg het het eerst.' Chelsea lachte. 'Als jij het zegt, zeg ik het ook.'
'Nee,' zei Daphne zachtjes.
'Joh, dat hoef je niet zo zielig te zeggen. Hoe oud ben je?'
'Zestien.' Het leugentje floepte er zomaar uit. Vijftien klonk zo kinderachtig.
'Heel veel meisjes van zestien nog niet hoor.' Chelseas stem klonk zo gewoon, dat Daphne herademde.
'Jij dan?' vroeg ze.
'Ik dus wel,' zei Chelsea zakelijk. 'Maar ik ben ook al negentien. Heb je al wel eens een vriendje gehad?'
'In groep drie.' Ze dacht aan Djoeri met zijn grote donkerbruine ogen. Ze waren onafscheidelijk geweest en ze hadden willen trouwen, totdat de kinderen uit de klas hen begonnen te plagen. Toen had ze het uitgemaakt.
'En daarna?'

'Nee,' antwoordde Daphne een beetje beschaamd. Chelsea zou haar vast en zeker een saaie trut vinden. Ze dacht aan Jent.
'Volgens mij zou je dat wel graag willen, hè?' Chelsea wreef even met haar hand over Daphnes blote schouder. 'Zit er maar niet over in, het komt heus wel. Je zou een keer met mij mee uit moeten gaan, dan ontmoet je vanzelf een lekkere hunk.'
'Ga je vaak uit?'
'Elk weekend bijna.'
'Mag je dat?'
'Daar trek ik me niks van aan. Ik doe wat ik wil! Zou jij ook moeten doen. Je ouders wennen er snel genoeg aan. Zullen we samen een keer?'
'Misschien, ik weet het nog niet.'
'Saaie muts!' Chelsea kietelde haar in haar zij.
'Houd op.' Daphne greep de kietelende hand vast. 'Ik bén geen saaie muts!'
'Wel,' hield Chelsea vol, 'een echte saaie badmuts!'
'Helemaal niet!'
'Bewijs het,' daagde Chelsea haar uit. 'Doe eens iets geks!'
'Wat dan?'
'Zie je die badmeester daar?' Ze wees op een jongen van een jaar of negentien die gekleed was in witte korte broek en wit T-shirt. Zijn lijf was gebruind en stevig gespierd.
Daphne knikte.
'Is ie lekker of is ie lekker?'
Daphne knikte opnieuw.

'Nou, geef 'm dan een zoen, vol op de bek!'
'Ben je gek?' vroeg Daphne geschokt. 'Hij zal denken dat ik niet goed snik ben.'
'Welnee, hij zal zich vereerd voelen en het lekker vinden. Weet je wel hoe vaak jongens per dag aan seks denken?' Ze wachtte het antwoord niet af. 'Minstens een keer per half uur. En zo'n badmeester volgens mij een keer per minuut met al die blote bikinimeiden om zich heen.'
Daphne keek van de jonge badmeester naar Chelsea, die haar ondeugend aankeek. 'Laat zien dan, dat je geen duffe badmuts bent!'
Daphne slikte. Geen haar op haar hoofd die eraan dacht die jongen te zoenen, al zag hij er nog zo lekker uit.
'Je durft niet hè? Geef het maar toe.'
'Doe jij het dan!'
'Oké.' Chelsea stond op.
'Je gaat het toch niet echt doen?' Daphne schoot van schrik recht overeind.
'Tuurlijk wel. Waarom niet?'
'Omdat, omdat...'
Maar Chelsea luisterde al niet meer en liep heupwiegend over het gras naar de jonge badmeester, die het zwembad nauwlettend in de gaten hield. Daphne zag dat Chelsea hem op zijn schouder tikte en tegen hem begon te praten. Daphne hield haar adem in. Zou Chelsea echt...?
Toen sloeg Chelsea haar armen om zijn nek en zoende hem op zijn mond. Het duurde voor Daphnes gevoel minutenlang voordat ze hem losliet en weer heupwiegend

over het gras naar haar terugliep. Daphne zag dat de badmeester haar verbouwereerd stond na te kijken.
Chelsea liet zich op de handdoek vallen. 'Hij heet Julian,' vertelde ze. 'Hij is achttien jaar, zit op de een of andere sportopleiding, doet hier vakantiewerk en hij zoent lekker. Het duurde even voor hij meewerkte, maar toen was het ook helemaal te gek.'
'Je bent crazy!' Daphne schudde Chelsea aan haar arm. 'Echt crazy!'
Ze zagen hoe Julian telkens een beetje schichtig hun kant opkeek.
'Hij verwacht natuurlijk elk moment weer een aanval,' giechelde Chelsea. Ze wuifde even in zijn richting.
Ze gierden het uit, toen ze zagen dat Julian wegliep.
'Hij gaat ervandoor!' giebelde Chelsea.
'Vind je het gek?' schaterde Daphne. 'Hij is doodsbenauwd geworden.'
'Ja, hij denkt natuurlijk dat jij de volgende bent die hem belaagt!' deed Chelsea een duit in het zakje.
'Nou zeg!' deed Daphne quasi beledigd. 'Mocht ie willen!' zei ze baldadig.
Ze kwamen niet meer bij van het lachen.
'Dames, wat is dit voor vreemd gedoe?' klonk er opeens een stem. Voor hen stond een oudere badjuffrouw.
'Hoezo?' vroeg Chelsea brutaal.
'Ik wil het even met jullie hebben over dat incident van daarnet.'
Chelsea trok haar wenkbrauwen hoog op. 'Ja, ik vroeg wat

de temperatuur van het water was en toen begon die badmeester me opeens te zoenen.'
Verbijsterd keek Daphne naar Chelsea.
'Pardon?' haalde de badjuffrouw ongelovig uit. 'Ik hoorde zonet een heel ander verhaal.'
'O, wat dan?' vroeg Chelsea met een stalen gezicht.
'Dat jij hém zomaar begon te zoenen.'
'Nou ja zeg, dat is ook brutaal!'
'Dus jij zegt, dat hij...'
Chelsea knikte.
'En waarom moesten jullie dan zo lachen?' vroeg de badjuffrouw wantrouwig.
'We vonden het een beetje gek,' zei Chelsea, 'een badmeester die zomaar begint te zoenen, maar het was wel lekker hoor! Daar word je vrolijk van.'
Daphne kon haar oren nauwelijks geloven. Ze voelde zich beschaamd en lacherig tegelijk.
'En jij?' wendde de badjuffrouw zich tot haar.
'Zij wacht nog op een beurt,' zei Chelsea.
'Pardon.' De badjuffrouw kreeg rode vlekken in haar hals en het was duidelijk dat ze zich ergerde. 'Ik geloof jullie niet.'
'Jullie, jullie!' Chelsea sprong overeind. 'Mijn vriendin hier zegt toch niets? Je bedoelt dat je mij niet gelooft.' Ze zette haar handen in haar zij. 'Nou, dan geloof je mij toch lekker niet! Dacht je dat ik daar wakker van lig?' Haar stem klonk hard en schreeuwerig.
Daphne kwam geschrokken overeind. Dit liep helemaal verkeerd.

'Ik waarschuw jullie, meiden. Ik zal het dit keer door de vingers zien, maar nog een keer zo'n akkefietje en de toegang tot het zwembad wordt jullie ontzegd.' De badjuffrouw deed een paar stappen achteruit.
'Wie zegt dat ík geen klacht indien! Die badmeester hoort zijn poten thuis te houden.' Chelsea schreeuwde nu zo hard dat er verschillende mensen hun kant opkeken. Haar vuisten waren gebald en haar ogen schoten vuur.
Daphne zag het met verbazing. 'Kom op nou, Chel!' Ze legde haar hand even op Chelseas arm.
Chelsea schudde de hand nijdig weg, bukte zich en grabbelde haar spullen bij elkaar. Met grote, boze stappen beende ze weg in de richting van de badhokjes.

- 6 -

Toen Daphne bij de fietsenstalling kwam, zag ze nog net hoe Chelsea er op haar metallic roze met zilveren scooter vandoor ging.
Een beetje terneergeslagen fietste ze terug naar de camping. Wat mankeerde Chelsea? Eerst dat liegen en toen die plotselinge woede. Waarom was ze opeens zo boos geworden en er vandoor gegaan? Betekende dit nu dat hun vriendschap over was? Dat ze elkaar niet weer zouden zien?
Toen ze bijna bij de camping was, gaf het bliepje van haar mobiel aan dat ze een sms'je had. Ze grabbelde naar haar mobiel en zag dat het een berichtje van Chelsea was.
Sorry, las ze, *soms flip ik een beetje. Boos? Xxxx 4ever your Chelsea*
Ze sms'te meteen terug: *Tuurlijk niet! xxxx Daphne*
Direct daarop kwam er weer een nieuw sms'je binnen. *Zie je morgen, zelfde tijd, zelfde plaats. Love you.*
Daphne reed de camping op en zette haar fiets naast de caravan. Haar ouders zaten buiten te lezen.
'Je bent vroeg.' Haar moeder keek even over de krant heen. 'Komt mooi uit. De zoon van de familie Boorkens, je weet wel, is hier geweest. Zijn vrouw is een half jaar geleden overleden en hij zit een paar weken in de caravan van

zijn ouders. Hij is vanochtend net aangekomen en zag je briefje.'
Zolang Daphne zich kon herinneren kwam de familie Boorkens hier op de camping. Ze hadden één zoon, Floris, en die was tien jaar geleden getrouwd met Marjoke. Daphne had ze verleden zomer nog op de camping gezien, toen ze bij hun ouders op bezoek waren. Ze hadden twee jonge kinderen. De jongste was toen nog maar een baby'tje geweest.
'Is Marjoke dood?' vroeg ze ontzet. 'Hoe dan? Waaraan?'
'Borstkanker. Mevrouw Boorkens vertelde het me al een poos geleden. Ja, het is vreselijk, die arme kinderen.'
'Zijn meneer en mevrouw Boorkens er niet?'
'Nee, die maken een rondreis door Egypte. Floris zit hier nu een paar weken, maar af en toe wil hij graag een avondje naar vrienden in de stad. Zodoende.'
'Ik ga meteen wel even,' zei Daphne.
'Doe maar,' zei haar moeder, 'en vergeet hem niet te condoleren.'
'Moet dat?' vroeg Daphne benauwd. 'Wat moet ik dan zeggen?'
'Gecondoleerd met uw vrouw,' zei haar moeder.
Schoorvoetend ging Daphne naar de caravan van de familie Boorkens. Wat erg van Marjoke. Ze was nog maar iets van dertig geweest.
Floris zat voor de caravan. Op zijn schoot zat een dreumes van een jaar en een stukje verderop zat een klein meisje met twee poppen te spelen.

'Jij bent natuurlijk Daphne!' Hij stak zijn hand uit.
'Gecondoleerd met uw vrouw,' zei ze een beetje verlegen, terwijl ze zijn hand schudde.
'Ja,' zei hij. 'Ja.'
Toen bleef het stil. Daphne aaide over het wangetje van het jochie dat op schoot zat. 'Hoe heet hij?'
'Job,' antwoordde Floris. 'En tegen mij hoef je geen u te zeggen, hoor.'
Job lachte stralend tegen Daphne en strekte zijn armpjes naar haar uit.
'Pak hem maar,' moedigde Floris haar aan.
Daphne tilde het kleine jongetje op.
Het meisje liet haar poppen in de steek en kwam er ook bij staan. Ze streek met haar hand over Daphnes dijbeen. 'Ben jij een mama?'
Floris trok haar naar zich toe. 'Nee, lieverd, dit is een meisje. Ze heet Daphne en ze gaat af en toe op jullie passen. Toch?' Vragend keek hij Daphne aan.
Die knikte. 'Hoe heet jij?' vroeg ze aan het meisje.
'Ik heet Jasmijn en ik heb al gewend op de basisschool,' vertelde ze vol trots. 'Bij juf Sina.'
'Ze gaat na de vakantie beginnen in groep één,' vertelde Floris, 'maar ze is al een paar keer een ochtend geweest.'
Floris vertelde haar het een en ander over de kinderen en vroeg toen of ze om zeven uur wilde komen. 'Jobje ligt dan al in bed en Jasmijn gaat om half acht.'
'Omdat ik al groot ben,' zei Jasmijn trots.
'En als ze wakker worden?' wilde Daphne weten.

'Ze worden 's avonds nooit wakker,' zei Floris, 'maar ik geef je natuurlijk mijn mobiele nummer. Als het nodig is, ben ik in een kwartier weer terug. Ik ga naar de stad om daar met vrienden te eten.'
Daphne speelde nog een poosje met de beide kinderen en ging daarna terug naar haar caravan.

's Avonds om zeven uur zwaaide ze samen met Jasmijn Floris uit. Ze deed een spelletje met Jasmijn, las haar voor en stopte haar om half acht in bed. Daarna ging ze voor de caravan zitten. De familie Boorkens had net zo'n houten vlonder als zij. Ze pakte haar boek en was al snel verdiept. Ze werd opgeschrikt door het bliepje van haar mobiel. Het was een berichtje van Chelsea.
Doe je?
Ik pas op.
Waarop?
Op twee kinderen.
Boring.
Verdient lekker.
Hoeveel dan?
Vijf euro per uur.
Ook niet veel.
Hoezo?
Gewoon. Tot morgen hè?Je komt toch?
Tuurlijk.
Oké dan. kuzz Chelsea.
xxxxDaphne

Met een glimlach borg Daphne haar mobiel weer op. Morgen weer lekker kletsen en geinen. Cool.

- 7 -

De dagen erop zagen ze elkaar telkens in het zwembad. Chelsea had, op aanraden van Daphne, haar excuus aangeboden aan Julian én aan de badjuffrouw. Ze had gezegd dat het een weddenschap was geweest. Julian had moeten lachen, maar de badjuffrouw had gezegd dat ze geen gesodemieter in haar bad wilde en als Chelsea nog één keer zo'n geintje uithaalde, dat ze dan niet meer terug hoefde te komen.
Opnieuw had Daphne een moment de boze glinstering in Chelseas ogen gezien, maar ze had zich weten te beheersen.
'Ik kan er niet tegen als mensen zo autoritair tegen me doen,' had Chelsea later gezegd. 'Dan word ik woedend.'
Het was voortdurend prachtig weer en van verveling was geen sprake. Daphne genoot. Nu ze zoveel tijd met Chelsea doorbracht, was de vakantie niet saai meer. Met Chelsea kon ze lachen om alles en niks. Chelsea had bedacht dat je mensen cijfers kon geven. Heel mooi was een tien en heel lelijk een één. 'Voor de moeite.'
'Welke moeite?' had Daphne gevraagd.
'De moeite om naar het zwembad te komen,' had Chelsea geschaterd.
Ze hadden niet meer kunnen stoppen met lachen.

En over twee weken kwam Sanne al. Dan konden ze met z'n drieën lol hebben.
Maar toen ze het aan Chelsea vertelde, reageerde die nogal lauwtjes.
'Met z'n drieën is niks aan,' zei ze.
'Sanne is aardig hoor!' verdedigde Daphne haar vriendin.
'Zal best, maar drie is een ongelukkig getal, dan hangt er altijd iemand bij en in dit geval ben ik dat dan natuurlijk. Kun je haar niet afbellen?'
'Afbellen?'
'Ja, afbellen. Je weet wel, met je mobiel. Je toetst haar nummer in en zegt: hi Sanne, ik heb geen zin in je bezoek. Toedeloe!'
Daphne keek Chelsea verbijsterd aan. 'Dat kan ik toch niet maken? Ze is wel mijn vriendin, hoor!'
'Ik dacht dat ik dat was?'
'Ja natuurlijk. Maar ...'
'Weet je, wat wij hebben is heel speciaal!' Chelsea legde even haar hand op Daphnes arm. 'We vertrouwen elkaar en we kunnen elkaar alles vertellen. Toch?'
'Ja dat is zo, maar...'
'Door jou heb ik mijn excuus aangeboden aan Julian en aan die oude badmuts. Zoiets heb ik nog nooit eerder gedaan. Maar omdat jij zei dat dat moest, heb ik het gedaan. Weet je wel hoe bijzonder dat is? Ik vertrouw je. Wij zijn in korte tijd hartsvriendinnen geworden. Enig idee hoe vaak zoiets gebeurt?'
'Geen idee.'

'Slechts één keer in je hele leven,' zei Chelsea plechtig. 'Nee echt,' zei ze haastig, toen ze zag dat Daphne wat wilde zeggen. 'Ik heb een keer ergens gelezen dat je maar één keer in je leven iemand tegenkomt met wie het zo klikt, dat je die persoon nooit meer kwijt wilt. Ik wil jou nooit meer kwijt en jij mij niet. Toch?'
Daphne aarzelde. Zo had ze nog nooit over hun vriendschap nagedacht. Maar het was waar, sinds haar ontmoeting met Chelsea voelde ze zich veel beter dan ze zich ooit gevoeld had. Lichter, vrolijker.
Haar ouders hadden het ook gemerkt. Vanochtend nog aan het ontbijt had haar moeder gezegd dat ze er zo goed uitzag.
'Lekker bruin,' had haar vader eraan toegevoegd.
'Ja dat ook, maar haar ogen stralen, zoals ze het laatste jaar niet meer gestraald hebben,' had haar moeder gezegd. 'Ontmoet je soms iemand in dat zwembad?' had ze ineens een beetje wantrouwig gevraagd. 'Die, die Jent misschien?'
'Welke Jent?' had haar vader gevraagd.
'O, een jongen die ik laatst bij de super heb ontmoet,' had Daphne achteloos gezegd. 'Best aardig hoor, maar nou ja...' Ze had eigenlijk niet precies geweten wat ze over Jent moest zeggen. Door Chelsea was hij naar de achtergrond geschoven. Af en toe dacht ze aan hem, maar dat duurde nooit heel lang, want dan drong de gedachte aan Chelsea hem weer weg.
Ze had haar ouders toch maar verteld over Chelsea. Ze

had gezegd dat Chelsea niet met haar ouders mee op vakantie had gemogen en dat ze nu helemaal alleen thuis was.
Haar moeder was ontzet geweest. 'Nee, maar zoiets,' had ze gestameld, 'zoiets is toch te zot voor woorden, vind je niet Gijs Wie laat z'n kind nou alleen thuis?'
Haar vader had geknikt. 'Hoe oud is dat meisje?'
'Zeventien,' had Daphne geantwoord. Ze voelde aan dat haar moeder niet blij zou zijn met een veel oudere vriendin.
'En jij ontmoet haar in het zwembad?' had haar moeder verder gevraagd. 'En wat doen jullie dan.'
'Beetje kletsen, beetje zwemmen, that's it.'
'Vraag haar maar een keertje hier te eten,' had haar vader voorgesteld. 'Dan kunnen wij haar ook ontmoeten.'
Daphne wist niet of ze dat zo'n goed idee vond, maar misschien vond Chelsea het wel leuk. Die zat al die weken in haar eentje thuis.
'Toch?' Chelsea vroeg het dringender. 'We zijn vriendinnen forever en de kans is groot dat die Sanne van jou daar stinkend jaloers op is.'
Daphne dacht na. Het was waar, ze had nog nooit zo'n goede vriendin gehad. Misschien had Chelsea gelijk en zou Sanne inderdaad jaloers zijn. Maar hun logeerpartij afzeggen? Ging dat niet te ver? Dan had ze straks op school niemand meer om mee om te gaan, want Sanne zou vast en zeker niets meer met haar te maken willen hebben.
'Ik kan toch wel twee vriendinnen hebben?' wierp ze

tegen. 'Heb jij niet meer vriendinnen dan?'
'Tuurlijk wel, ik heb tig vriendinnen, maar ik ga altijd maar met een tegelijk om.'
Daphne zweeg. Ze had helemaal geen zin in moeilijk gedoe. Ze was blij met Chelseas vriendschap, maar aan de andere kant wilde ze de vriendschap met Sanne niet verspelen.
'Vraag jij dan ook nog een vriendin, dan hebben we weer een even getal,' stelde ze voor.
'Mijn vriendinnen zijn óf op vakantie óf ze werken,' zei Chelsea.
'O,' zei Daphne een beetje teleurgesteld.
'Nou ja, je moet het ook zelf weten natuurlijk of je die Sanne laat komen.' Chelsea draaide zich op haar buik.
'Kom je vanavond bij me eten?' vroeg Daphne. Ze wist eigenlijk niet waarom ze dat nu toch vroeg. Misschien in een poging om het goed te maken? Maar wat had ze eigenlijk goed te maken?
Chelsea draaide zich op haar zij en keek Daphne aan. 'En dan je pa en ma ontmoeten?'
'Ze vroegen het.'
'Weet je, ik heb het gewoon niet zo op ouders. Niet op de mijne en ook niet op die van anderen. Trouwens, ik dacht dat jij ook niet zo dol op ze was?'
'Nou ja, ik houd wel van ze natuurlijk, maar ze zijn zo streng en zo, zo oud en saai.'
'Mij niet gezien, die saaiheid en by the way, ik lust geen warm eten.'

'Geen warm eten?'
'Nee, ik eet zelden warm. Wel pizza en patat of een Macje, maar dat zetten jouw ouders me vast niet voor. Jouw moeder is ongetwijfeld het type van de gezonde maaltijd.' Chelsea trok een gek gezicht. 'Ga jij anders met mij mee eten.'
'Dat moet ik eerst vragen.'
'Ben je gek? Niet vragen, maar gewoon doen.'
'Ze worden ongerust als ik niet op de afgesproken tijd thuiskom,' zei Daphne zorgelijk.
'Kom op zeg, je bent zestien! Je loopt niet in zeven sloten tegelijk. Het wordt tijd dat je ouders je loslaten. Vind je niet?' Chelsea wachtte niet op antwoord. 'Weet je wat we doen? We gaan nu naar de stad. Lekker shoppen en naar de Mac of zo. Ik trakteer. Oké?' Ze wachtte niet op antwoord, maar grabbelde haar spullen bij elkaar. 'Kom op nou!'
Langzaam volgde Daphne haar voorbeeld. Ze had best zin om met Chelsea naar de stad te gaan, dat was het niet, maar ze kreeg natuurlijk een enorm gedoe met haar ouders.
'Laat je fiets hier maar staan,' zei Chelsea, toen ze in de fietsenstalling kwamen. 'Je kunt bij mij achterop.'
'Maar ik heb toch geen helm?'
'Je mag die van mij!'
'Hoe laat zijn we hier dan weer?'
'Joh, dat zien we wel. Als we de stad zat zijn.'
'Ik bel toch mijn ouders maar even.' Daphne pakte haar mobiel.

'Joh, lááát!' Chelsea griste haar de mobiel uit handen. 'Wat niet weet, wat niet deert.'
'Maar dan wil ik wel op tijd weer hier zijn.'
'Goed dan, bange poeperd!' Chelsea zette de mobiel uit en gaf hem weer terug.
'Dat ben ik niet,' verdedigde Daphne zich, 'maar straks mag ik de camping niet meer af.'
'Je moet je niet zo laten betuttelen. Je bent een grote meid hoor!' Ze zette de helm op Daphnes hoofd en gaf er een klap op. 'Let's go! Heey big city, here we come!'

- 8 -

In de stad slenterden ze wat rond. Het was goed te merken dat het vakantietijd was, want het was er vrij rustig.
Bij een etalage met bruidsjurken bleef Chelsea staan. 'Ga jij later trouwen?'
'Ik denk het.' Daphne keek naar de witte jurken. 'Jij dan?'
'Ik niet,' zei Chelsea beslist.
'Waarom niet?' vroeg Daphne verbaasd.
'Zomaar niet,' zei Chelsea vaag. 'Hé, durf jij zo'n jurk te passen?'
'Ben je gek?' antwoordde Daphne geschrokken.
'Nee, maar ik vind dat jij nu aan de beurt bent.'
'Hoezo?' vroeg Daphne verbaasd.
'Nou, ik een badmeester en jij een jurk. Eerlijk is eerlijk.'
Daphne keek twijfelend van Chelsea naar de jurk. 'Ze worden vast boos in die winkel,' zei ze een beetje benauwd.
'Ben je gek?' deed Chelsea luchtig. 'Die lui in zo'n zaak zijn veel te blij dat er iemand een jurk van ze aan wil trekken. Hoeveel mensen denk je dat er dagelijks komen passen? Nog geen drie, wed ik.'
'Ik weet niet. Laten we eerst iets gaan drinken.'
'Ah nee,' zeurde Chelsea. 'Kom op nou. Een beetje lol maken, is toch leuk? En jij moest toch ook lachen met Julian. Nu is het jouw beurt.'

'Ik eh, ik...' begon Daphne.
'Bange badmuts!' Chelsea prikte haar plagend in haar zij.
'...doe het!' maakte Daphne haar zin af.
'Hoera, kom op dan!' Chelsea sleurde haar mee de winkel in.
'Je gedraagt je hoor!' siste Daphne haar toe.
'Tuurlijk.'
Ze waren de winkel nog niet in, of er kwam een keurig geklede juffrouw op hen af. 'Wat kan ik voor u doen, dames?'
'Ik zoek een jurk,' zei Daphne zo serieus mogelijk.
'Een witte,' vulde Chelsea aan, 'want ze moet trouwen.'
Daphne onderdrukte een giechel die omhoog borrelde.
De juffrouw nam hen een beetje laatdunkend op. 'Hoe oud zijn jullie?'
'Wat heeft dat er nu mee te maken?' vroeg Chelsea kattig.
'U denkt zeker dat we geen geld hebben.'
'Om eerlijk te zijn, denk ik dat inderdaad,' gaf de juffrouw toe.
'Nou ja, zeg! Behandelt u al uw klanten zo?'
'Chelsea!' Daphne greep haar vriendin bij haar arm. 'Laten we gaan.'
'Ja, dames, doe dat!' zei de juffrouw.
Chelsea schudde haar hoofd. 'Nee, juffrouw. Mijn zusje hier gaat trouwen en ik koop een jurk voor haar. Dat heb ik haar beloofd. Zij en haar vriend hebben hun geld hard nodig voor de kleine.' Ze klopte even op Daphnes buik.
Daphne wist niet waar ze kijken moest. Wat een gek was die Chelsea.

'Kijk, hier is mijn bankpas.' Chelsea pakte haar portemonnee en haalde haar pasje tevoorschijn.
'Wie garandeert mij dat je genoeg op je rekening hebt staan?' vroeg de verkoopster afgemeten.
'Ik.' Chelseas stem klonk boos. Daphne hoorde hetzelfde toontje erin als toen met die scène in het zwembad.
'Toe nou Chel, laten we gaan!' drong ze aan.
'En waar wil je je jurk dan kopen?' wilde Chelsea weten.
'Niks ervan, ik heb me voorgenomen om voor jou een jurk te kopen en dan ga ik dat doen ook. Wacht u maar even,' wendde ze zich weer tot de verkoopster, 'dan zal ik geld halen. Hoeveel kosten de jurken hier zo ongeveer?'
De juffrouw keek aarzelend van de een naar de ander.
'Is duizend euro genoeg?'ging Chelsea voortvarend verder.
'Eh, ja, voor dat geld zijn er diverse leuke modelletjes te koop,' antwoordde de juffrouw.
'Oké, we komen zo terug!' Chelsea trok Daphne met een vaartje mee de winkel uit. 'Effe pinnen,' riep ze achterom naar de verkoopster, die hen net opgetrokken wenkbrauwen stond na te kijken.
Eenmaal buiten proestten ze het uit.
'Hoe verzin je het?' Daphne stak haar arm door die van Chelsea.
'Nou ja, ik moest toch een beetje aannemelijk maken dat je zo jong al ging trouwen!'
'Kom op, ze kijkt nog.' Daphne trok Chelsea mee.
'Nou en?' Chelsea keek om en zwaaide liefjes. 'Nou, kom op, we gaan geld trekken.'

'Hoezo?'
'Ik ga dat mens eens eventjes fijn te pakken nemen. Wat denkt ze wel niet, de trut! Mij niet geloven!'
'Maar wat ga je dan doen?' vroeg Daphne ongerust. 'Zoveel geld heb je toch ook niet?'
'Dat zul je wel zien.'
'Zeg nou,' drong Daphne aan. 'Ik wil geen rare dingen, hoor!'
'Tuurlijk niet.' Chelsea drukte Daphnes arm. 'Geen rare dingen voor mijn liefste vriendin. Alleen mooie dingen!' Ze stopte bij de pinautomaat en trok zonder blikken of blozen op haar pasje vijfhonderd euro. Vervolgens pakte ze een tweede pasje en trok daarop nog een keer vijfhonderd euro. 'Ik heb twee verschillende rekeningen,' verklaarde ze.
'Waarom?'
'Gewoon handig. Heb jij ook een pasje?'
Een beetje beschaamd schudde Daphne haar hoofd. 'Mijn moeder betaalt altijd als ik iets moet hebben.'
'En als jij iets wil en zij niet?' wilde Chelsea weten.
'Dan dus niet.'
'Je moet haar niet zo de baas over je laten spelen. Oké?'
'Nee, maar, nou ja, ze is al best oud en zo.'
'Wat maakt dat uit? Dat geeft haar nog niet het recht om alles voor jou te beslissen. Wacht maar af, ik ga daar verandering in brengen. Maar eerst die bruidsjurkentut een lesje leren.'
'Laten we gewoon gaan winkelen,' stelde Daphne voor.

'Doen we ook, nadat ik haar mijn duizend euri's heb laten zien.'
Met een raar gevoel in haar maag liep Daphne met Chelsea mee. Ze bewonderde de durf van haar vriendin, maar tegelijkertijd was ze doodsbenauwd dat Chelsea te ver zou gaan.
Toen ze weer bij de bruidswinkel waren, lachte Chelsea naar haar. 'Dat mens is natuurlijk stomverbaasd.'
Toen de verkoopster op het belletje van de deur aan kwam lopen, was ze inderdaad even in verwarring. 'Jullie weer?' vroeg ze.
'Had u niet gedacht hè?' Chelsea pakte de briefjes van vijftig uit haar zak en stak ze naar voren.
De verkoopster kuchte even. 'Kijkt u zelf rond, of wilt u advies?' vroeg ze toen.
'We kijken zelf,' zei Daphne haastig.
Samen bekeken ze de jurken.
'Die!'wees Chelsea na een poosje. 'Die zou je mooi staan. Trek eens aan.'
Daphne verdween met een jurk in een hokje.
'Lukt het?' hoorde ze de stem van de verkoopster.
'Ja hoor,' antwoordde Daphne een beetje gesmoord. Ze wurmde zich in de jurk. 'Chel, doe jij m'n rits?'
Chelsea schoof het gordijn van het pashokje opzij.
'Wauwie!' Chelsea ritste de jurk dicht.
Daphne bekeek zichzelf in de spiegel. De jurk stond haar prachtig.
De verkoopster die op een afstandje had staan kijken,

kwam dichterbij. 'Hoe vindt u het?' vroeg ze.
'Mooi.' Daphne streek met haar hand langs de wijde, uitstaande rok.
'Wilt u er schoentjes bij?'
'Ja natuurlijk,' snibde Chelsea. 'Ooit een bruid op blote voeten zien trouwen?'
Daphne onderdrukte een zenuwachtige giechel. Ze zag in de hals van de verkoopster rode vlekken verschijnen.
'Ik heb hier een paar heel elegante schoentjes met een hakje die toch lekker lopen.' De verkoopster toonde hun de schoentjes. 'Maatje 38, denk ik?'
Daphne knikte en schoof haar voeten in de schoentjes.
'Even controleren of ze inderdaad zo lekker lopen.' Chelsea pakte haar bij de hand en trok haar mee in de richting van de deur.
'Wat doe je nou?' Daphne probeerde haar hand uit die van Chelsea te trekken, maar die hield haar stevig vast.
'Effe een blokje om.'
'Ben je gek,' siste Daphne. 'Ik...'
Maar Chelsea duwde de deur open. Op dat moment ging het alarm af. 'We zijn zo terug, hoor!' riep Chelsea naar de verkoopster, die hen verstomd stond na te kijken.
Daphne liet zich tegen wil en dank meetrekken. Ze zag hoe mensen hen aanstaarden en elkaar aanstootten. 'Zo meteen stuurt ze de politie op ons af, gek!' Ondanks haar angst moest ze gelijkertijd ontzettend lachen. Het moest een idioot gezicht zijn zoals zij hier met z'n tweeën liepen. Zij in haar lange witte jurk, min of meer meegesleurd door

Chelsea die haar hand stevig vasthield. Ze merkte hoe haar jurk over de grond slierde en trok de rok met één hand een eindje omhoog.
'Welnee, we lopen maar een klein blokje om. We zijn zo weer terug,' suste Chelsea.
Ze sloegen linksaf en daarna nog drie keer, zodat ze weer in de straat van de bruidsjurkenwinkel waren. Op het moment dat Chelsea de deur openduwde, voelde Daphne een zware hand op haar schouder. Ze keek achterom en zag twee agenten staan, een man en een vrouw.
'Wij kregen een telefoontje van deze winkel hier dat twee jonge meiden er met een jurk vandoor waren,' zei de agente. 'Zijn jullie dat?'
'Wij zijn er niet vandoor,' antwoordde Chelsea. 'Wij zijn nu toch hier? Wij waren even een blokje om.'
'Om te kijken of de schoenen lekker liepen,' vulde Daphne aan.
'En daarvoor hadden jullie toestemming?' vroeg de andere agent streng.
'Ik zei het en de juffrouw zei niet dat het niet mocht,' verdedigde Chelsea zich.
De verkoopster was er inmiddels ook bij komen staan. 'Zou je die jurk onmiddellijk uit willen trekken,' snauwde ze tegen Daphne.
'Pfff, wat een behandeling!' Chelsea sloeg haar arm om Daphne heen. 'Hier kopen we dus écht niks!'
In het kleedhokje ritste Chelsea de jurk open, terwijl Daphne haar schoentjes uitschopte. Zo snel ze kon, liet

Daphne de jurk van haar lichaam naar beneden glijden.
'Wat zou de politie gaan doen?' vroeg ze ongerust.
'Niets,' zei Chelsea. 'Wij hebben toch niks gestolen of zo?'
Met de jurk weer keurig op het hangertje kwamen ze het kleedhokje uit.
De verkoopster onderwierp de jurk aan een nauwkeurige inspectie.
'Dames, willen jullie dit soort geintjes voortaan achterwege laten,' zei de vrouwelijke agent streng. 'En ik denk dat een verontschuldiging hier wel op zijn plaats is.'
'Ik...' begon Chelsea.
'Wij bieden onze excuus aan voor de overlast die we u bezorgd hebben,' zei Daphne snel tegen de verkoopster.
'Maak nu maar snel dat je wegkomt.' De mannelijke helft van het agentenduo knipoogde even naar hen, waarop Chelsea hem stralend toelachte.
Ze draaiden zich om en verlieten de winkel. Ze liepen een stukje zwijgend naast elkaar, totdat Chelsea vroeg: 'Ben je boos?'
'Nee gek.'
'Waarom ben je dan zo stil?'
Daphne haalde haar schouders op. 'Gewoon, geschrokken, denk ik.'
'Maar het was lachen, toch?'
'Ja, dat wel.'
'Je bent gewoon geen grapjes gewend, dat is het! Omdat je van die saaie ouders hebt natuurlijk.' Chelsea stopte voor een etalage waarin allerlei Björn Borgkleding lag uitge-

stald en keek Daphne onderzoekend aan. 'Ben je een fan?'
Ze knikte met haar hoofd in de richting van de etalage.
'M'n moeder vindt het te duur.'
'Maar ík niet! Kom op, mee naar binnen!' Chelsea duwde de glazen deur open.

- 9 -

Met in beide handen Björn Borgtassen stonden ze na een uurtje weer buiten. Chelsea had goed ingeslagen. Voor zichzelf had ze zeven strings gekocht, een behaatje, een T-shirtje en een vestje. Ze had Daphne gevraagd wat zij wilde hebben. Daphne had niets willen uitzoeken en ze had geprotesteerd toen Chelsea twee strings voor haar wilde kopen.
'Die draag ik toch niet,' had ze gezegd.
'Dan twee andere onderbroeken.' Chelsea had dezelfde motiefjes gekozen die zij ook op haar strings had. En ze had hetzelfde behaatje gekocht. Zonder blikken of blozen had ze de driehonderdveertig euro betaald.
'Mag jij zomaar zoveel geld uitgeven?' Daphne gluurde in haar tas. Ze was blij, maar ze voelde zich ook bezwaard dat Chelsea zoveel voor haar had gekocht.
'Ja hoor!' antwoordde Chelsea.
'Maar... hoe kom je dan aan zoveel geld?'
'Zaterdagbaantje,' zei Chelsea kort.
'Zo'n baantje wil ik ook.' Daphne stak haar arm door die van Chelsea.
'Als je dat echt wilt, kan ik je daar wel aan helpen.'
'Hoe dan?' wilde Daphne weten.
'Vertel ik je later.'

'Maar wat is het dan voor een baantje? In een winkel of een krantenwijk of, nou ja, weet ik veel?'
Ze dacht eraan dat ze nog maar vijftien was. Veel baantjes zou ze nog helemaal niet mogen doen.
'Nee, je weet inderdaad niet zoveel als je denkt dat je met een duffe krantenwijk zoveel geld kunt verdienen.'
Chelsea lachte. 'Ik vertel het je nog wel, maar nu nog niet.'
'Ik...' begon Daphne.
'Zullen we wat gaan eten?' vroeg Chelsea. 'Ik verrek van de honger.'
Daphne voelde haar eigen maag ineens ook. Ze keek op haar horloge en zag dat het al bijna vier uur was. Ze bedacht dat ze na het ontbijt vanochtend niets meer gehad had.
'Maar hoe laat zijn we dan weer terug?'
'Joh, je moet niet zo zeuren!' Chelsea maakte een ongeduldig gebaar. 'Ik trakteer je op iets te eten hoor! Je ouders krijgen er niets van als ze een keer op je moeten wachten. Is heel gezond voor ze.'
'En als ik dan morgen niet weg mag?'
'Je gaat gewoon. Of leggen ze je soms aan de ketting? Dat zou mishandeling zijn trouwens. Dat kun je melden bij het Meldpunt Kindermishandeling, dan komt er een onderzoek.'
Daphne liep stil met Chelsea mee. Waarom waren haar ouders ook zo belachelijk bezorgd? Andere meiden van haar leeftijd hadden veel meer vrijheid. Waarom kon ze nou niet gewoon een sms'je naar hen sturen dat ze in de

stad bleef eten en om een uur of zeven weer thuis zou zijn? Haar ouders zouden het niet pikken. Ze zouden op haar inpraten, haar verbieden nog alleen weg te gaan en ze zouden haar zakgeld een paar weken inhouden.
'Wat loop je nou te piekeren?' vroeg Chelsea. 'Je moet ze niet zoveel macht over je geven. Jij bent je eigen baas! Laat ze dat nou eens een keer voelen. Wedden dat ze dan vanzelf ook wat soepeler worden? En anders kom je maar bij mij wonen.'
'Bij jou wonen? Bij je ouders en je zusjes?'
'Bij mijn ouders en zusjes?'
Daphne zag de flits van verbazing in Chelseas ogen.
'Of woon je daar niet?'
'Eh nou nee, om eerlijk te zijn, ik woon hier in de stad.'
'Hè?'
'Ja, ik heb hier een kamer.'
'Woon jij al zelfstandig?' Vol bewondering keek Daphne haar aan. 'Vonden je ouders dat goed?'
'Ze waren blij dat ik ophoepelde,' zei Chelsea bitter. Ze wreef over haar ogen en snoof een paar keer.
Daphne zag dat ze bijna moest huilen. 'Is het zo erg?' Ze raakte even Chelseas arm aan.
'Ik zal je vertellen wat er allemaal gebeurd is. Goed?' Chelsea pakte een papieren zakdoekje uit haar tas en snoot haar neus.
'Goed dan!' Daphne drukte de gedachte aan haar ouders weg. Chelsea was nu belangrijker.

- 10 -

Ze ploften neer op een bankje in het centrum, vlak bij een ijskar.
'IJsje?' vroeg Chelsea.
'Ik trakteer!' Daphne sprong weer overeind. 'Met slagroom?'
'Lekker.'
Daphne bestelde twee ijsjes met slagroom. Toen ze weer zat, begon Chelsea te vertellen: 'Ik was zeven, toen mijn ouders gingen scheiden. Ze hadden altijd ruzie en soms sloeg mijn vader mijn moeder. En soms, als ik in de weg stond, sloeg hij mij ook.
Toen kreeg mijn vader een nieuwe vriendin en hij ging weg. Mama was erg depressief en kwam haar bed niet uit. Ze deed geen boodschappen, maakte niet schoon en ze kookte niet. Dat was niet zo erg, want ik zorgde voor mama. Ik haalde boodschappen en soms stofzuigde ik het huis en ik maakte altijd boterhammen voor haar en kopjes koffie. Het ging best goed, alleen kon ik niet altijd naar school. Soms was mama zo bang, dat ze me smeekte om thuis te blijven en bij haar in bed te komen liggen.
Mijn juf van groep vier kwam af en toe op bezoek en zij heeft er toen voor gezorgd dat ik uit huis werd gehaald en in een pleeggezin ging wonen. Mijn moeder werd toen opgenomen in een inrichting.

Mijn pleegouders hadden één zoon van twaalf, Bero en dat was hun lieveling. Maar die Bero was een echte loser. Hij werd gepest op school en de kinderen wilden nooit met hem spelen, dus speelde hij altijd met mij. Heel vaak doktertje. Ik moet eerlijk zeggen dat ik dat in het begin best spannend vond allemaal. Later niet meer. En al helemaal niet toen hij met me wilde zoenen en zo. Dat wilde ik niet echt, maar die Bero was hartstikke sterk.
Mijn pleegouders gingen 's avonds vaak weg, en dan waren Bero en ik alleen thuis. Dan kwam hij altijd bij mij in bed liggen omdat hij dan beter op me kon passen. Dat zei hij altijd.
Ik heb best lang in dat pleeggezin gewoond, bijna vier jaar. Toen was mijn moeder inmiddels niet meer depri en ze had een nieuwe man ontmoet met wie ze ging trouwen. Mama wilde dat ik weer bij haar kwam wonen, maar Flip wilde dat volgens mij helemaal niet.
Nou ja, 't was nog een heel gedoe, want mijn pleegouders wilden mij houden en ik wist eigenlijk niet wat ik wilde. Weet je, die Bero was natuurlijk wel vervelend, maar mijn pleegouders waren best lief en ik kreeg hartstikke veel van ze. Cadeautjes en zo, bedoel ik.
Maar de rechter zei dat ik weer bij mama moest gaan wonen, dus deed ik dat. In het begin ging het redelijk. Flip deed zijn best om aardig te zijn.
Na een jaar werd mama zwanger en ze was zóóó blij. Maar toen mijn halfzusje geboren was, werd mama weer heel depressief. Ze zorgde nauwelijks voor de baby en daarom

moest ik van Flip voor mijn zusje zorgen. Ik ging heel vaak niet naar school. Dan meldde Flip mij gewoon ziek.
Natascha was net een jaar en mama werd opnieuw zwanger. Haar depressie was over, maar die kwam terug toen Anouschka eenmaal geboren was. Ik werd er helemaal crazy van, want toen moest ik voor twee van die jankerds zorgen. Want dat was het enige zo'n beetje wat ze deden: janken.
Mama werd er zo gek van, dat ze hele dagen door de stad zwierf. Ze kon dat gekrijs niet verdragen en ik ook niet, trouwens, maar daar werd niet naar gevraagd.
Nou, en toen kwam op een dag mijn mentor op bezoek. Ik zat in de tweede klas en dreigde voor de tweede keer te blijven zitten. Mijn mentor schrok zich dood toen hij mij zag zwoegen met die kleintjes. Hij schakelde meteen de kinderbescherming in en zo werden mijn zusjes en ik weer uit huis geplaatst.
Omdat er voor mij geen pleeggezin was, kwam ik in een soort tehuis voor kinderen van twaalf jaar en ouder en m'n zusjes kwamen in een pleeggezin.
Flip was razend. Hij kwam bij mij op bezoek en mepte me helemaal in elkaar.
Hij zei dat het allemaal mijn schuld was en dat mijn moeder van mij zo depressief werd. Dat was niet zo, maar toen geloofde ik hem. Later zei de leiding van dat huis waar ik woonde dat mama twee keer een postnatale depressie had gehad en dat het niets met mij te maken had.
Ik had het best naar mijn zin in dat tehuis. De leiding was

aardig en ik kreeg er veel vrienden, met sommige ga ik nog steeds om.
Toen mama weer beter was werden we alledrie weer teruggeplaatst. Ik ging inmiddels naar de vierde klas. Eigenlijk ging het allemaal best goed, maar ik verlangde gewoon terug naar dat tehuis. Daar waren tenminste mensen van mijn leeftijd. Flip en mijn moeder begrepen niets van pubers en Flip haatte mij echt. Hij begon mij heel erg te slaan, als ik voor mezelf opkwam ofzo.
Toen ik zestien was, begon ik van huis weg te lopen. Dan zwierf ik weer een poosje op straat en dan werd ik weer door de politie opgepakt. Nou, op een gegeven moment mocht ik op kamers gaan wonen,' besloot Chelsea haar verhaal.

- 11 -

'Rot voor je.' Daphne wist niets anders te zeggen. Ze stak het laatste stukje van het hoorntje in haar mond.
'Ja nogal. Maar nu heb ik het goed, hoor!'
'En je familie?'
'O, die zie ik af en toe nog wel.'
'Zijn ze nu op vakantie?'
Chelsea haalde haar schouders op. 'Maakt het wat uit?'
'Je zei toch dat wij beste vriendinnen waren. Nou, beste vriendinnen vertrouwen elkaar, toch?'
Chelsea zei niets.
'Mis je je zusjes niet?' Daphne keek haar vragend aan.
'Nee!' Het kwam er bits uit.
'Ik zou ontzettend graag een broertje of zusje gehad willen hebben,' zei Daphne.
'Jij liever dan ik. Je moet altijd meehelpen en oppassen en als ze janken, dan is het jouw schuld.'
'O, nou, dat wist ik niet, maar dat hoeft toch niet altijd zo te zijn?'
'Wel,' zei Chelsea schamper.
'Gelukkig heb je nu je eigen kamer,' zei Daphne troostend.
'Ja gelukkig wel. Wil je hem zien? Het is hier niet zover vandaan.'
'Eh jawel, maar...'

'Oké, kom op dan.' Chelsea trok haar overeind. 'En ik wil niks horen over je ouders,' voegde ze er waarschuwend aan toe. 'Die moet je af en toe echt even op hun plaats zetten. Doe je mobiel maar uit! Kunnen ze ook niet bellen.'
'Stuur ik ze toch eerst nog even een sms'je.' Daphne haalde haar mobiel tevoorschijn.
'Je bent niet alleen een bange, maar ook nog een brave badmuts.' Chelsea pakte haar haar mobiel af.
'Hé, geef terug!'
'Prepaid of abonnement?'
'Wat maakt dat uit? Geef hier nou!'
'Niks ervan.' Chelsea zette de mobiel uit. 'De eerste stap op weg naar zelfstandigheid. Dat moeten we vieren!' Ze sprong overeind en ging ervandoor.
Daphne bleef een moment verbluft zitten. Toen sprong ook zij op en rende met grote passen achter Chelsea aan. Hijgend greep ze haar vriendin bij de arm. 'Geef mijn mobiel terug!'
'Straks.'
'Nee nu!' Ze probeerde hem uit Chelsea's jaszak te halen, maar Chelsea sprong lachend opzij en rende er weer vandoor.
Opnieuw zette Daphne de achtervolging in, maar het duurde nu veel langer voor ze Chelsea had ingehaald. Die stond uit te hijgen tegen de pui van een telefoonwinkel.
'Kom op met mijn telefoon!' Daphne drukte met haar hand in haar linkerzij om de pijnlijke steken tegen te gaan.
'Pak 'm maar!' Chelsea hield uitnodigend de zak van haar jas open.

Daphne stak haar hand erin en voelde. 'Waar heb je 'm?' Ze voelde nu in de andere zak.
'Weggegooid onderweg,' zei Chelsea laconiek.
'Je maakt een grapje! Toch?'
Chelsea schudde haar hoofd. 'Jij moet los van je ouders, dus krijg je eerst een ander mobieltje van mij, zodat ze jou niet kunnen bereiken. Kom, dan gaan we naar binnen.'
'Maar...' begon Daphne, 'heb je echt mijn mobiel weggegooid? Waar dan?'
'O ergens onderweg in een afvalbak,' zei Chelsea vaag.
'Je bent gek!' Daphne tikte even op haar voorhoofd. Ze voelde zich boos en verward. Haar mobiel was weliswaar een oudje, maar dan nog. Je smeet toch niet zomaar de mobiel van je vriendin in de afvalbak?
'Leuk gek, dan toch, hoop ik? Zoek maar een uit.'
'Dat kan toch zomaar niet? Ik kan toch niet zo'n duur cadeau van jou aannemen? Je hebt ook al die Björn Borg-spullen voor mij betaald.'
'Lieve Daphne, jij bent de beste en liefste vriendin die ik ooit gehad heb. Er is nog nooit iemand geweest die naar mijn verhaal wilde luisteren. Nog nooit.' Ze snoof even. 'En ik heb het geld gewoon en ik vind het leuk om je te helpen met jouw probleem en iets voor jou te kopen.'
Daphne zag dat haar ogen vol tranen stonden. 'Laat me je nou een cadeautje geven,' smeekte Chelsea. 'Hier, deze bijvoorbeeld.' Ze wees op een zwart, glanzend, ultraplat toestelletje. 'Please?' Ze wachtte niet op antwoord, maar wenkte naar de verkoper die meteen kwam aanlopen.

'Deze graag.'
'Ik...' begon Daphne.
'Ssssst, niets zeggen.' Chelsea drukte haar wijsvinger tegen Daphnes mond. 'Geld is voor mij niet belangrijk, een lieve vriendin wel,' zei ze zachtjes. 'En ik heb een heleboel geld van m'n oma geërfd. Vertel ik je zo,' zei ze, toen ze zag dat Daphne iets wilde zeggen.
'Je had toch een zaterdagbaantje?' was het eerste wat Daphne zei, toen ze weer buiten stonden.
'Ja ook, maar ik heb dus ook van mijn oma geërfd. De moeder van mijn vader. Die was zo boos dat hij mijn moeder en mij liet zitten dat ze hem onterfde. Toen ik elf was, overleed mijn oma en ze liet een heleboel geld na. Daar kon ik niet aankomen, want ik zou het pas in handen krijgen, als ik achttien werd. Nou, dat ben ik inmiddels. Ik ben de baas over mijzelf en over mijn geld. Dus.'
Daphne voelde zich verward. Was het gewoon dat vriendinnen je zulke cadeaus gaven? Maar Chelsea was gewoon blij dat ze een goede vriendin had, een hartsvriendin en ze had toevallig veel geld. Dan was het toch niet gek dat ze dure dingen kocht?
'Weet je, vriendinnen geven elkaar toch wel vaker een cadeautje?'
'Jahaaaa,' zei Daphne aarzelend.
'Nou dan. En mijn cadeautjes zijn gewoon wat duurder omdat ik meer geld heb dan de meeste meiden. Hoeveel meiden erven van hun oma, denk je?'
Daphne haalde haar schouders op. 'Toch had je mijn mobieltje niet weg mogen gooien.'

'Oké dan.' Chelsea haalde het toestel tevoorschijn uit een van de tassen in haar hand. 'Grapje, gekkie. Je dacht toch niet echt dat ik je mobieltje had weggegooid? Zoiets doe je toch niet? Nou, welke wil je? Kies gerust je eigen hoor, dan houd ik dit schatje.' Ze lachte en duwde Daphne de nieuwe mobiel in haar hand.

- 12 -

Toen Daphne om negen uur de camping op fietste, was het eerste wat ze zag de politieauto die bij de caravan van haar ouders geparkeerd stond. Ze kreeg een wee gevoel in haar maag.
Haar ouders hadden de politie gebeld! Op hetzelfde moment zag haar moeder haar ook.
'Daar is ze!' riep ze met een schrille stem.
Haar vader en de twee agenten draaiden zich om.
Daphne zag de intense opluchting die over het gezicht van haar vader gleed, terwijl haar moeder begon te huilen.
Een van de agenten stond op en liep naar haar toe. 'Waar kom jij vandaan?'
'Uit de stad.' Haar stem bibberde een beetje.
'Had je je ouders niet even kunnen berichten dat het later werd?'
'Vergeten,' piepte ze.
De agent wendde zich weer tot haar ouders. 'Ziet u nu wel, meneer, mevrouw, in negenennegentig van de honderd gevallen is het een storm in een glas water.'
'Ben je wel vaker zo vergeetachtig?' vroeg de andere agent aan haar.
Ze schudde haar hoofd.
'Perongelukexpres dan?'

Niet begrijpend keek Daphne hem aan.
'Je begrijpt me wel, denk ik,' zei de agent. 'Ik bedoel maar te zeggen, dat je er donders goed aan dacht, maar zo je redenen had om niet even te bellen.'
'Dat is niks voor onze Daphne.' Haar moeder veegde met een papieren zakdoekje langs haar ogen.
'Kleine meisjes worden groot, mevrouw. U redt het nu verder wel zonder mij, neem ik aan?'
Haar vader stond op en schudde de beide mannen de hand. 'Ik dank u voor uw behulpzaamheid.'
Toen de agenten weg waren, ging haar vader weer zitten. Daphne bleef roerloos staan en wachtte op het standje dat niet kwam. Ze voelde het bloed in haar oren suizen. Ze stond daar maar, dan weer leunend op haar linker-, dan weer op haar rechterbeen.
'Waarom liet je niets van je horen?' vroeg haar vader, na een eeuwig durende stilte. 'Was je soms met die Jent?'
'Ik was met Chelsea,' zei Daphne. 'En ik wilde wel bellen, maar als ik het gevraagd had of ik later mocht komen, had het toch niet gemogen. En als ik het gewoon gezegd had, dan hadden jullie eindeloos tegen me aangepraat. Ik was gewoon met een vriendin hoor! Alle meiden uit mijn klas mogen met een vriendin de stad in, alleen ik niet. Ik moet altijd een beetje stom met jullie mee.'
'Ik heb geen zin om op deze manier met je te praten,' zei haar moeder. 'Je gaat nu naar bed en de rest van de week heb je huisarrest, dan praten we wel verder.'
'Hanna,' zei haar vader bezwerend. 'Blaas nou niet zo hoog van de toren!'

'Ik praat dus morgen echt niet met jou!' schreeuwde Daphne, 'en ik ga ook gewoon weg. Je denkt toch niet dat ik de hele dag in die duffe caravan blijf zitten. No way.'
'Naar bed!' zei haar moeder strak.
'Best hoor, ik ga wel naar bed. Beter dan hier een beetje dom met jullie te zitten.' En met een klap gooide ze de deur van de caravan achter zich dicht.

Toen ze eenmaal in bed lag, kon ze niet slapen. Ze staarde naar de witte schuifdeur die haar slaapgedeelte afschermde. Ze had er zo ontzettend genoeg van om niks te mogen. Eerder had ze er ook wel van gebaald, maar minder dan nu ze Chelsea kende. Nu had ze de kans om meer te beleven, het leuk te hebben en dat was wat ze wilde. Chelsea zei ook dat het belachelijk was. Die woonde notabene al op kamers en kon alles doen. Die was haar eigen baas.
Chelsea had een vet coole kamer. Daarnaast was een kleinere, gemeubileerde kamer vrij. 'Als je het niet uithoudt bij je ouders, kom je hier maar,' had Chelsea gezegd. Boven woonden nog meer mensen, maar die had Daphne niet gezien.
Ze dacht aan morgen. Het zou warm en zonnig worden, dus hadden Chelsea en zij weer in het zwembad afgesproken.
Zou ze gewoon weg durven gaan, dwars tegen het verbod van haar ouders in? Tuurlijk durfde ze dat. Wat konden ze doen om haar tegen te houden?

- 13 -

De volgende morgen was Daphne al vroeg wakker. Ze zag op haar horloge dat het nog maar half zeven was. Ze schoof de schuifdeur een eindje open. Haar ouders waren nog in diepe rust. Ze sliepen meestal tot een uur of acht uit.
Vroeger vond ze het leuk om muisstil tussen hen in te kruipen en dan lekker warm en veilig nog een poosje te liggen, totdat haar ouders wakker werden. Dat was dan meestal al vrij snel, want ze kon nooit zo goed stil liggen. Dan speelden ze 'Ik zie, ik zie wat jij niet ziet en de kleur is...'
Toen was het gezellig samen met papa en mama, maar nu was het alleen maar dodelijk saai. Ze moest er niet aan denken om de rest van de week alleen met hen opgescheept te zitten, terwijl Chelsea en de lol die ze samen hadden, op haar wachtten.
Als ze nu eens ging douchen en aankleden en daarna op de fiets naar de stad reed? Dat was ruim een uur trappen. Ze kon om een uur of acht bij Chelsea zijn. Dan zouden haar ouders weten dat het haar ernst was en dat ze niet langer het kleine meisje was over wie ze de baas konden spelen.
Zo zacht als ze kon, pakte ze haar toilettas en handdoek

uit de doucheruimte. De caravan had een kleine douche- en toiletruimte, maar die kon ze nu natuurlijk niet gebruiken. Ze zocht haar kleren bij elkaar en haalde uit haar tas het Björn Borgtasje met de nieuwe spullen. Zo, die ging ze vandaag aan doen.
Ze schoof de schuifdeur zorgvuldig dicht, zodat haar ouders straks zouden denken dat ze nog sliep.
Voorzichtig deed ze de deur van de caravan open en ging naar buiten. Het was nog fris en Daphne rilde even. Er hing een lage mist over de weilanden en de hemel was helderblauw. Het beloofde een mooie dag te worden.
In het toiletgebouw liep ze Floris tegen het lijf die daar was met Jobje en Jasmijn.
'Daphne, Daphne, ga je vandaag met mij spelen?' Jasmijn liep naar haar toe en sloeg haar armen om haar middel.
'Goedemorgen, jij bent vroeg,' zei Floris. Hij was bezig Jobje af te drogen.
'Ja.'
'Heb je tijd om zo meteen een paar uurtjes op te passen? Ik heb zin om een uurtje te hardlopen en daarna nog eventjes te zwemmen.'
'Ja, ja, ja.' Jasmijn danste om haar heen. 'Ja hè Daphne? Dan kunnen we spelen.'
'Of heb je iets anders?' vroeg Floris, toen ze niet meteen antwoord gaf.
'Ja, eigenlijk wel.'
'Volgende keer beter.'
Daphne keek naar Jasmijn die nu weer stil stond. 'Ga jij niet met mij spelen?'

Daphne aaide even over de blonde haartjes. 'Ik kan dat andere ook nog wel later doen.'
'Kan dat echt?' informeerde Floris.
Daphne knikte.
'Weet je wat, kom dan zo meteen bij ons ontbijten. Dan kan ik meteen na het ontbijt weggaan.'
'Oké.' Daphne verdween in een van de douches. Ze hoorde Floris met Jasmijn en Jobje kletsen. Terwijl ze zichzelf met langzame bewegingen inzeepte, dacht ze aan Chelsea. Ze hadden om elf uur weer bij het zwembad afgesproken. Als Floris dan nog niet terug was, kon dat ook nog wel een paar uurtjes later. Het was super met Chelsea, maar het was ook leuk met Jasmijn en Jobje.
Haar ouders zouden wel verbaasd zijn om haar straks bij de caravan van Boorkens aan te treffen. Huisarrest. Pfff. Zeker de hele dag in de caravan zitten. Ze deed het gewoon niet. En als Floris weer terug was, ging ze gewoon weg.

Ze zat met Jasmijn en Jobje in de zandbak te spelen, toen ze haar moeder uit de caravan zag komen. Het was inmiddels half negen en Floris was in zijn hardloopoutfit vertrokken. 'Ik ben er om half elf wel weer,' had hij gezegd, 'dan kan ik straks zelf Job in bed leggen voor zijn ochtendslaapje.'
Haar moeder kwam naar haar toe. 'Ben je al op?'
Daphne had zin om 'nee' te antwoorden, maar ze beheerste zich. 'Ja.'

Haar moeder hurkte even bij de kinderen neer en hielp Jasmijn met het bakken van haar zandtaartjes. 'Is Floris weg of speel je zomaar even met de kinderen?'
'Floris is weg en hij komt om half elf terug. En dan ga ik zwemmen.'
'Vraag je dat niet?'
'Nee, want ik ga toch,' zei Daphne.
'Ik wil dat je de rest van de week op de camping blijft,' zei haar moeder koppig. Ze draaide zich om en liep terug naar de caravan.
'Dus niet,' mompelde Daphne. 'Echt niet.'

Met vijftien euro in haar broekzak slenterde Daphne om half elf naar hun caravan. Floris had gevraagd of ze nog wel een keer zo vroeg wilde oppassen, want hij wilde het liefst zo vroeg mogelijk lopen en zwemmen. Ze had afgesproken voor zaterdagochtend. Dat was over drie dagen.
Haar ouders zaten op de houten vlonder voor de caravan koffie te drinken.
'Ook een kopje?' Haar moeder stond al op.
'Hoeft niet. Ik moet om elf uur in het zwembad zijn.'
'Dacht het niet.' Haar moeder ging voor haar staan. 'Jij blijft hier!' Haar stem had een hysterische klank gekregen.
'Hanna,' waarschuwde haar vader, 'beheers je een beetje. En Daphne, jij luistert naar ons, dus je blijft hier!'
Daphne ging zonder iets te zeggen de caravan binnen om haar spullen te pakken.
'Daphne!' Haar moeder stond in de deuropening. 'Jij verpest onze hele vakantie.'

'En jullie verpesten míjn hele leven. Je kunt me niet verbieden gewoon een beetje lol te maken. Om vriendschap te sluiten.'
'Dat doe ik ook niet, maar ik pik het niet dat jij zonder iets te zeggen een paar uur te laat thuiskomt.'
'Ach mens, het was nog maar negen uur.'
Toen haalde haar moeder uit en sloeg haar hard in het gezicht. En daarna nog een keer.
Daphne staarde haar verbijsterd aan.
Haar moeder keek al even verbijsterd terug. 'Sorry,' stamelde ze toen, 'dat had ik niet moeten doen.' Ze deed een paar stappen naar achteren, het trapje af.
Daphne zwaaide haar tas over haar schouder en ging naar buiten.
'Daphne.' Haar moeder legde haar hand op Daphnes arm. 'Toe, laten we er dan over praten.'
Maar Daphne schudde de hand van haar arm, haalde de fiets van het slot en fietste de camping af.

- 14 -

Daphne had Chelsea net uitgebreid over de politieactie van haar ouders en van de scène van die ochtend verteld, toen er twee kleine handjes op haar ogen werden gelegd.
'Rara, wie ben ik?'
'Hé Jasmijn, wat leuk dat jij hier ook bent!' zei ze verrast.
'Met papa en Jobje. Kijk maar, daar zitten ze.' Ze wees naar de overkant van de grote zonneweide.
Daphne zag onder een paar grote bomen Floris en Jobje zitten. Ze zwaaide even.
'Wil jij met me zwemmen?' vroeg Jasmijn.
'Tuurlijk!' Ze sprong al overeind. 'Heb je een zwembandje of zo?'
'Om mijn armen. Dat moet van papa.' Jasmijn huppelde de zonneweide over.
'Laat je mij hier alleen liggen?' Chelsea keek een beetje pruilend. 'Wij zijn hier toch samen?'
'Joh, ga mee dan.'
'Zeker met zo'n klein kind. Nee, da's niks voor mij.'
'Ik blijf niet zolang weg.'
Chelsea ging op haar buik liggen en verstopte haar hoofd in haar armen.
'Vind je het zo erg dat ik wegga?'
'Ik vind het gewoon flauw dat je me in de steek laat.'

'Ik laat je niet in de steek. Ik kom toch zo weer?'
'Daphne, kom je?' Jasmijns stemmetje schalde over de zonneweide.
Daphne keek een beetje besluiteloos van Chelseas rug naar Jasmijn die aan de overkant op en neer stond te springen met oranje zwembandjes om haar armen.
'Ik kom zo weer,' zei ze nog een keer. Ze bleef nog een momentje staan, maar toen Chelsea niks meer zei, stak ze ook het veld over.
'Hoi,' zei ze tegen Floris.
Jobje probeerde zich aan haar been omhoog te trekken en ze tilde hem even op.
'Ben je voorzichtig met mijn dochter?' vroeg Floris.
'Natuurlijk.' Ze liet Jobje weer op de grond glijden en stak haar hand naar Jasmijn uit. 'Kom maar mee.'
Samen liepen ze naar het ondiepe bad. Jasmijn liet zich plat op haar buik vallen. 'Kijk eens Daphne, ik kan al zwemmen!'
'Goed hoor,' prees Daphne een beetje afwezig. Waarom deed Chelsea nu opeens zo stom? Was het zo erg om even alleen te moeten blijven? Of deed Jasmijn haar denken aan haar halfzusjes?
'Ik ga van de glijbaan.' Jasmijn klom uit het water en liep naar het glijbaantje toe. 'Jij moet me vangen.'
Gehoorzaam ging Daphne bij de felgekleurde kinderglijbaan staan. Jasmijn genoot met volle teugen. Daphne was inmiddels de tel kwijtgeraakt van het aantal keren dat Jasmijn voor haar in het water geplonsd was.

'Nog een keer, nog een keer,' zei ze telkens.
'Nu nog één keer,' zei Daphne na een kwartier.
'Ga je nog een keer met mij van de grote glijbaan?' Jasmijn keek Daphne smekend aan.
'Durf je dat wel?'
'Best wel. Heb ik met papa zo vaak gedaan.'
'Misschien ga je wel kopje onder,' waarschuwde Daphne.
'Durf ik best.'
'Oké dan, maar daarna ga ik terug naar mijn vriendin.'
Samen beklommen ze de trap van de hoge glijbaan, roetsjten naar beneden en belandden met een plons in het diepere gedeelte.
Op het moment dat ze boven kwamen, kreeg Daphne zo'n duw in haar rug dat ze voorover schoot boven op Jasmijn die voor de tweede keer kopje onder ging.
Ze trok het kind aan haar arm omhoog. Gelukkig lachte ze.
Daphne keek achterom wie de duw veroorzaakt had en zag Chelsea. 'Kun je niet uitkijken!' zei ze verontwaardigd.
''t Was maar een geintje.'
'Een stom geintje dan!' snauwde Daphne.
'Doen mijn vrienden en ik zo vaak.'
'Dat moeten jullie weten, maar zoiets is voor Jasmijn toch niet leuk?'
'Hé, jij daar, wil je op de glijbaan de goede afstand bewaren!' schreeuwde de badjuffrouw vanaf de kant tegen Chelsea. 'Het is gevaarlijk wat je doet!'
'Ja hoor, dikke middelvinger,' mompelde Chelsea binnensmonds.

Daphne ging samen met Jasmijn het water uit en Chelsea volgde hen. 'Sorry, hoor,' zei ze een beetje verongelijkt. 'Ik wist niet dat je niet tegen een grapje kunt.'
Daphne antwoordde niet.
Samen liepen ze terug naar de zonneweide en leverden Jasmijn bij haar vader af.
'Waar is die moeder?' vroeg Chelsea, toen ze weer op hun badlakens zaten.
'Dood,' zei Daphne kort.
'Daar valt voor jou dan wel wat te verdienen.'
'Dat doe ik toch al?'
'Ik bedoel dat je er meer kunt verdienen.'
'Hoe "meer"?' Daphne staarde haar verbaasd aan. 'Wat bedoel je?'
'Je hebt geen idee hè?'
'Niet echt, nee.'
'Denk je dat hij nooit eens zin heeft?'
'Zin? Waarin?'
'Ja, wat denk je? In pannenkoeken, nou goed?' Chelsea lachte. 'Waar hadden we het gisteren nou over? Over een baantje toch, waar je veel mee kunt verdienen?'
Daphne keek haar een ogenblik niet begrijpend aan, maar opeens snapte ze het. 'Bedoel je, dat ik, dat jij...' stotterde ze.
'Dat bedoel ik!'
'Ga jij met jongens naar bed voor geld?' Ontsteld keek Daphne naar Chelsea.
'Ik heb echt geen zin in een of ander dom baantje als ser-

veerster of vakkenvulster ofzo, hoor! Man, weet je wel hoe weinig dat verdient? En nu... op een goede dag kan ik wel vijfhonderd euri binnenhalen.'

'Ik zou dat nooit willen,' zei Daphne beslist. 'Nooit.'

'Wil jij dan geen geld voor mooie kleren en sieraden?'

'Jawel, maar het lijkt me gewoon zo ontzettend smerig.'

'Joh, je drinkt wat alcohol, je slikt een poedertje en je merkt het nauwelijks. Je wordt als het ware slapend rijk.' Chelsea lachte even.

'Ranzig en goor!'

'Dan niet,' zei Chelsea laconiek. 'Het was maar een ideetje, maar dan pas jij toch gewoon lekker op zijn lieve kindjes. Misschien dat ik...' Ze kneep haar ogen tot spleetjes en tuurde in Floris' richting. 'Jíj weet het zeker hè?'

'Wat?'

'Dat je hem niet wilt. Want ik gun hem jou hoor, omdat jij mijn vriendin bent.'

Daphne draaide zich zonder iets te zeggen op haar buik en sloot haar ogen. Wat ze van Chelsea gehoord had, was gewoonweg ontzettend. Hoe kón iemand dat? Ze had de roddels in de klas wel eens gehoord over Mona. Die liet zich zoenen en betasten in ruil voor een pakje sigaretten. Mona de Hoer, noemden de meiden haar onderling. Maar dat was nog niks vergeleken bij Chelsea. Dat was een echte hoer.

Maar aan de andere kant was Chelsea ook aardig. Ze hielp haar met haar problemen thuis en zij op haar beurt hielp Chelsea ook. Chelsea had gezegd dat ze nog nooit zo'n

goede vriendin had gehad. Dat ze vriendinnen voor het leven waren. Spannende dingen deden ze. En lol hadden ze ook. Ze had nog nooit zoveel gelachen als de afgelopen dagen. Nou ja, soms deed Chelsea ook wel rare dingen, maar dat kwam natuurlijk omdat ze zoveel had meegemaakt. En was het nou eigenlijk zo erg allemaal? In de klas hoorde ze ook wel eens vertellen dat de meisjes op een feestje er een wedstrijd van maakten, wie er aan het einde van de avond met de meeste jongens getongd had.
'Daph, ik heb je laten schrikken, hè?' Chelseas stem was zacht en vlak bij haar oor. 'Ik dacht dat je het aankon. Sorry.'
Daphne draaide zich op haar zij en kwam half omhoog.
'We zijn toch nog steeds vriendinnen?' Daphne zag Chelsea gespannen haar gezicht afspeuren.
Ze zei niets.
'Ik, ik heb toch niet onze vriendschap kapotgemaakt, hoop ik? Weet je, die is echt zó belangrijk voor mij, het allerbelangrijkste.'
'Ook voor mij, toch,' Daphne liet haar hoofd rusten in de kromming van haar elleboog en glimlachte even.

- 15 -

In de caravan was de spanning om te snijden. Haar ouders hadden blijkbaar bedacht dat ze haar zouden negeren. Nou, dat kon zij ook. Ze zou helemaal niets meer zeggen. Na een zwijgende maaltijd, pakte Daphne een boek en een stoeltje en zocht een rustig plekje een eindje van de caravan vandaan.
In gedachten zigzagde ze langzaam met haar wijsvinger over de voorkant van het boek. Wat een shitzooi allemaal. Ze walgde van het idee dat Chelsea zich liet betalen voor seks. Dat wilde zij niet. Nooit! Zij wilde verliefd zijn. Op Jent? Ja, misschien wel. Hij was leuk en aardig.
Net toen het haar gelukt was zich in het verhaal te verdiepen, kwam Floris eraan.
'Moet ik oppassen?' Ze stond al half op.
'Nee, nee, blijf zitten. Ik wil je alleen maar waarschuwen. Dat meisje met wie je vanmiddag in het zwembad was...' Hij liet even een stilte vallen en Daphne kreeg een wee gevoel in haar maag.
'Is ze je vriendin?'
'Ja.'
'Ken je haar allang?'
'Nee, ik heb haar hier ontmoet.'
'Het is een raar meisje, Daphne.'

'Hoezo?'
'Tja.' Floris plofte naast haar stoel in het gras neer. 'Hoe moet ik je dit nu zeggen?'
Een angstig vermoeden maakte zich van Daphne meester.
'Nou ja, ik kan het ook niet mooier maken dan het is,' zei Floris, 'en ik vind dat jij het moet weten.'
Hij liet even een stilte vallen en Daphne merkte dat hij naar woorden zocht.
'Toen jij met Jasmijn in het water was, kwam ze bij me zitten. Zogenaamd even om met Jobje te spelen, maar ze had de bedoeling om mij te verleiden. Ze wilde een afspraakje maken.'
Daphne voelde de warmte vanuit haar hals naar haar hoofd stijgen.
'Wist je daarvan?' vroeg Floris.
Daphne schudde haar hoofd. Ze voelde zich vreselijk opgelaten en wist niet waar ze kijken moest.
'Ik wil me verder nergens mee bemoeien, maar pas op voor haar.'
Ze beet op haar onderlip.
Floris krabbelde overeind. 'Ik zie je zaterdagmorgen, oké?'
'Ja,' bracht Daphne met moeite uit.
Toen Floris weg was, probeerde Daphne zich weer op haar boek te concentreren, maar dat lukte nu helemaal niet meer. Als ze een bladzijde gelezen had, wist ze aan het eind al niet meer waar het over ging. Chelsea was haar vriendin en, Floris had gelijk, soms deed ze vreemd. Het was natuurlijk helemaal idioot dat ze Floris had gepro-

beerd te verleiden. Een raar meisje, had Floris gezegd. Raar en tegelijkertijd ook leuk. Ze konden samen lachen en ze hadden diepe gesprekken. Chelsea had gelijk: het klikte gewoon tussen hen. Moest ze, omdat Chelsea een beetje anders was dan anderen, de vriendschap opgeven? Geen haar op haar hoofd die daaraan dacht.
Om een uur of negen zag ze haar ouders de koffiekopjes naar binnen brengen en de stoeltjes inklappen. Die gingen natuurlijk nog een stukje wandelen, zoals ze wel vaker deden. Zonder iets te zeggen liepen ze langs haar heen.
Opeens voelde Daphne zich erg eenzaam. Ze huiverde even en stond op. Ze klapte haar stoel in en bracht die terug naar de caravan. Ze zou in bed nog wat verder lezen. Ze poetste haar tanden en trok haar pyjama aan. Daarna ging ze in kleermakerszit op haar bed zitten en sloot de schuifdeur.
Ze kon Chelsea nog wel een sms'je sturen. Ze deed de schuifdeur weer open en haalde haar mobiel uit haar broekzak. Ze legde hem op de palm van haar hand en streek met de wijsvinger van haar andere hand over het slanke toestelletje. Echt een mooitje. Dit soort dingen kon Chelsea dus zomaar kopen. Als je op sommige dagen ook vijfhonderd euro verdiende. Vijfhonderd!
Ze schoof het toestel open.
Alles goed?
Ze zocht Chelseas nummer en drukte op verzenden.
Ze wachtte, maar er kwam geen berichtje terug. Ze staarde naar het toestel alsof ze het zo kon dwingen een bliepje te

geven ten teken dat er een berichtje was. Waar zat Chelsea, dat ze niet antwoordde? Of wilde ze haar niet meer? Mistroostig legde ze haar mobiel onder haar kussen.

Daphne werd wakker van haar mobiel die afging. Slaapdronken grabbelde ze ernaar onder haar hoofdkussen. Ze schoof hem open en zag in het display dat het drie uur was en dat Chelsea belde.
'Hai,' fluisterde ze.
'Hai, hai,' klonk Chelseas stem vrolijk. 'Ik zag net je berichtje en ik dacht, ik bel haar maar even terug.'
'Ik kan nu niet praten,' fluisterde Daphne.
'Waarom niet?'
'M'n ouders.'
'Wat is daarmee?' wilde Chelsea weten.
'Die slapen.'
'Des te beter. Kunnen wij toch effe kletsen? Ik ben zo leuk uitgeweest én ik heb toch een lekker ding ontmoet. Helemaal te gek. Jammer dat je er niet bij was, maar ik ga zaterdagavond weer. Ga je dan mee.'
'Ik kan nu niet praten,' siste Daphne nog een keer. 'Die caravan is supergehorig. Ik zie je morgen.'
'Daarvoor bel ik óók. Morgen lukt dus écht niet.'
'O,' zei Daphne teleurgesteld.
'Nee,' zei Chelsea. 'Maar kom dan gewoon naar mij. Zou handig zijn als jij ook een scooter had. Nou ja, het is een kilometer of twintig. Dat kun je ook fietsen. Wel een roteind natuurlijk.'

De schuifdeur werd met een ruk opengeschoven. Daphne drukte razendsnel het gesprek weg en zette haar mobiel uit.
'Ben jij gek geworden? Met wie lig jij midden in de nacht te bellen?' Haar moeder was overduidelijk heel boos.
Daphne voelde haar hart in haar hoofd bonken van schrik.
Ze deed haar mond al open om iets te zeggen, maar bedacht net op tijd dat ze niks tegen elkaar zeiden. Ze zweeg.
'Hier met die mobiel!' Haar moeder deed een greep, maar Daphne was sneller. Ze stopte haar mobiel onder haar hoofdkussen, draaide zich op haar buik en ging er bovenop liggen. Als een klein kind kneep ze haar ogen stijf dicht.
Ze voelde dat haar moeder naar haar stond te kijken.
Mens, rot op, dacht ze bij zichzelf. Rot op, rot óp!
Haar moeder raakte even haar schouder aan. 'Welterusten,' zei ze zachtjes.
De schuifdeur werd stilletjes gesloten en Daphne haalde opgelucht adem.
Pas tegen de ochtend viel ze in een onrustige slaap, die maar een uurtje duurde. Zachtjes zocht ze haar spulletjes bij elkaar, stopte ze in een tas en ging naar het toiletgebouw. Ze douchte zich, trok haar kleren aan en poetste haar tanden.
Ze moest nog een briefje neerleggen. Ze zocht in haar tas naar een pen en papier. Ze vond een bonnetje en schreef op de achterkant:
Ik ben vandaag bij een vriendin. Maak je geen zorgen.

Ze aarzelde eventjes, maar zette toen toch drie kruisjes voordat ze haar naam schreef. Bij de caravan schoof ze het briefje onder de deur door.
Toen haalde ze haar fiets van het slot en reed de camping af.

- 16 -

Toen ze de stad binnenreed, was het net acht uur. Veel te vroeg om al bij Chelsea aan te komen. Die sliep natuurlijk uit na zo'n avond. Ze fietste langzaam door de Folkingestraat en kwam langs *Jobs lekkere broodjeshuis*. Jent! Hij had bij hun ontmoeting in de supermarkt gezegd, dat hij daar ook nog ging werken. Toen was het nog goed met haar ouders en toen had ze Chelsea nog nooit gezien. Het leek weken en weken geleden. Ze kon best even kijken of hij er was. Even dag zeggen.
Ze zette haar fiets op slot tegen de pui, pakte haar tas van de bagagedrager en duwde de deur open.
Ze zag hem meteen. Hij was bezig een bestelling op te nemen van twee dames, de enige klanten op dat moment.
Ze ging aan een tafeltje zitten en bleef naar hem kijken.
Hij zag haar meteen toen hij naar achteren liep om de bestelling te halen.
'Daphne! Wat leuk dat je hier bent.' Hij bleef bij haar tafeltje staan. 'Alles goed?'
'Niet zo. Jij dan?'
'Ja prima. Maar het is hier hard werken hoor.'
'Ja, dat zie ik,' zei Daphne met een klein lachje.
Even was Jent verbluft. 'Nou ja, zo vroeg is het meestal nog vrij rustig, maar je zult zien, zo meteen komen hier de

eerste ontbijters en dan wordt het druk. Heb jij eigenlijk wel ontbeten?'
'Ik heb geen honger. Ik wil alleen een warme chocomel.'
'Komt eraan!'
Jent was in een mum van tijd terug met twee koffie voor de dames. Bij haar zette hij een grote beker vol dampende chocola neer en een croissantje. 'Trakteer ik op!'
'O, nou, bedankt. Aardig van je.'
'Rot voor je dat het niet zo goed met je gaat.'
'Opeens sprongen er twee tranen in haar ogen.'
'Zit je in de problemen?'
'Ruzie met m'n ouders.'
'Joh, dat heb ik zo vaak. Dat komt heus wel weer goed.'
'Nee,' zei ze gesmoord. 'Dat denk ik niet.'
'Jent! Het is nu geen tijd om met leuke meisjes te praten. Dat doe je maar in je eigen tijd!'
'M'n baas. Ik moet weer aan het werk!'
Gegeneerd veegde Daphne langs haar ogen.
'Zullen we iets afspreken?' stelde Jent voor.
Ze knikte.
Jent schreef z'n mobiele nummer op de achterkant van het bonnetje. 'Hier, stuur mij maar een sms'je voor tijd en plaats. Ik ben na vier uur vrij. Doen hoor!' Hij draaide zich om en liep naar achteren.

Om tien uur stond Daphne weer op straat. Het was nu inderdaad behoorlijk druk met ontbijters en koffiedrinkers. Ze had nog een keer chocolademelk besteld en ze

had de tijdschriften die op de tijdschriftentafel lagen wat doorgebladerd, maar ze had vooral gedacht. Ze had geprobeerd om enige orde in de chaos in haar hoofd te brengen. Dat was haar echter niet gelukt. Ze moest eerlijk toegeven dat Jent haar daarbij voortdurend erg afleidde. Steeds weer moest ze stiekem naar hem kijken, hoe hij een bestelling opnam, rondliep met kopjes, glazen of bordjes en afrekende.
Hij was superaardig Ze zou hem zeker bellen.

- 17 -

Als ze al gedacht had dat Chelsea misschien niet zo blij zou zijn met haar komst, dan hielpen de luide vreugdekreten van haar vriendin haar snel uit die droom.
'Daphne! Wat leuk dat je er bent! Kom binnen!' Chelsea sloeg haar armen om haar heen en zoende haar op beide wangen. Ze liet zich mee naar boven trekken.
'Dit is Raymond.'
Daphne zag een jongen van een jaar of twintig. Hij had een lichtbruine huid en donkerbruine ogen. Toen hij haar hand schudde en naar haar lachte zag Daphne twee rijen prachtige, grote, witte tanden.
'Hoe gaat-ie?' vroeg Chelsea.
Daphnes tranen begonnen meteen te stromen.
Chelsea sloeg haar armen om haar heen en Raymond klopte haar op haar schouder.
'M'n ouders, ze doen zo gemeen. Ze zeggen helemaal niks meer tegen me.'
'Wat vals.' Chelsea trok haar nog wat dichter naar zich toe en streelde haar haar. 'Dat is een vorm van kindermishandeling, weet je dat wel? Geestelijke kindermishandeling. Ouders mogen hun kinderen niet negeren of kleineren en dat soort dingen. De kamer hiernaast wordt op dit moment niet bewoond. Je kunt er zo in.'

'Weet je,' zei Raymond, 'ik vraag wel even wat lui om de muren te verven. Welke kleuren?'
Niet begrijpend keek Daphne hem aan.
'Welke kleuren wil je op je muren, schat?' herhaalde Chelsea.
'Maar, maar dat kan toch niet. Ik heb geen geld voor verf en zo.'
'Don't worry, ik heb een vriend die voor bijna niks aan verf kan komen,' zei Raymond.
'Maar wil je dan echt dat ik hier blijf?' vroeg Daphne aan Chelsea. 'Nu meteen?'
Dit ging wel heel snel. Ze had zich voorgenomen om hier een dagje te blijven.
'Tuurlijk.'
'Maar mijn ouders dan? Die laten me nooit gaan.'
'Nee, duhuh, dat snap ik, maar daarom moet jij een daad stellen.'
'Een daad stellen?'
'Jahaa, je moet iets doen wat dwars tegen hen ingaat. Je moet laten weten dat je niet met je laat sollen. Dan krijgen ze echt wel door dat je geen klein kind meer bent.'
'En als ze de politie bellen?' vroeg Daphne.
'Geen probleem. We veranderen je wel een beetje. Ander haar en zo.'
'Ik weet niet.'
Chelsea zuchtte diep. 'Je bent mijn liefste vriendin, maar je bent en blijft een bange badmuts.'
'Ik snap best dat het spannend is voor Daphne,' vergoelijk-

te Raymond. 'Ze is nog maar zestien.'
'Hoe weet jij dat?' vroeg Daphne verbaasd.
'Dat heeft Chelsea verteld. Je bent echt superbelangrijk voor haar, want ze praat voortdurend over je.'
'Ik zou het geweldig vinden als je naast me kwam wonen.' Chelsea liet haar los.
'Wonen, weet ik niet, maar een paar daagjes logeren, dat kan misschien wel.'
'Logeren is ook goed,' zei Chelsea. 'Beter zelfs misschien. Dan kun je na een paar dagen kijken hoe het je hier bevalt en dan kun je altijd nog weer teruggaan naar je pappie en mammie.'
'Ik ga voor de verf.' Raymond liep al naar de deur.
'Dat hoeft toch niet, als ik alleen maar kom logeren,' protesteerde Daphne.
'Dat kamertje moest toch opgeknapt worden,' zei Chelsea, 'en dit is een mooie gelegenheid. Lijkt roomwit met chocoladebruin je wat?'
Daphne knikte. 'Ik vind alles mooi.'
'Prima, dan gaan wij lekker shoppen om dat kamertje een beetje leuk te maken. Nee, nee, dat is heus niet speciaal voor jou,' stelde Chelsea haar gerust, toen ze weer wilde protesteren. 'Dat kamertje moet een beetje gepimpt worden en nu kunnen we samen leuk wat dingetjes uitzoeken. Veel gezelliger.'

Toen ze aan het einde van de middag uitgeteld met tassen vol spulletjes thuiskwamen, zaten Raymond en nog twee

jongens op Chelseas kamer een biertje te drinken. Een van de twee was Raoul, de jongere broer van Raymond en de ander was Jeffrey. Daphne vond ze meteen aardig. Raoul leek sprekend op zijn broer, alleen jonger en langer.
'Is het mooi geworden?' vroeg Chelsea.
'Kijk en oordeel zelf, zou ik zeggen!' Raymond sprong overeind, pakte hen bij de hand en trok hen mee.
'Tadaa!' Hij deed de deur van het kleine kamertje open. 'Is ie mooi of is ie mooi?'
Daphne keek sprakeloos naar binnen. Die drie jongens hadden goed werk verricht. Ze hadden er een roomwitte vloerbedekking ingelegd die prachtig stond bij de muren.
'Wauwie, wat mooi!' Chelsea sloeg haar armen om Raymonds nek. 'Leila en Molly, kom eens kijken.'
Van boven kwamen twee meisjes.
'Dit is Daphne, onze logé,' stelde Chelsea voor. 'Daphne, dit zijn twee vriendinnen van mij.'
Leila en Molly lachten naar Daphne. 'Leuk dat je hier komt logeren,' zei Leila. 'Blijf je lang?'
Daphne haalde haar schouders op.
'Zolang als nodig,' zei Chelsea beslist.
'Ga je nog naar school?' wilde Molly weten.
Daphne knikte. 'En jullie?'
'Ik doe een opleiding Sociaal Pedagogisch Werk,' antwoordde Leila.
'En ik werk in de thuiszorg,' zei Molly.
'Kom op, we gaan je bed opmaken met de nieuwe spullen,' zei Chelsea, terwijl ze Raymond losliet. Ze liep naar

haar eigen kamer om daar de tassen met inkopen vandaan te halen. Ze schoof het nieuwe dekbed in de nieuwe chocoladebruin met hardroze dekbedhoes en legde hem op het bed.

'Je zei toch dat je vriendinnen of werkten of op vakantie waren?' vroeg Daphne aan Chelsea.

'Wat is dat nou voor vraag? Vertrouw je me niet soms?'

'Natuurlijk wel, maar jij zei dat toen en ik dacht...'

'Molly werkt ook en Leila is net terug. Zo goed?' Chelsea haalde de in verschillende tinten roze, fluwelen kussentjes tevoorschijn en mikte ze nonchalant op het dekbed. De kleuren stonden prachtig bij elkaar.

'Zo, jij kunt vanavond lekker in je bedje, maar dat duurt nog uren en uren. We gaan nu eerst... feest vieren! Ik zal jou eens mooi maken, goed?'

Daphne knikte. 'Maar ik moet eerst mijn ouders een berichtje sturen enneh...' Ze sloeg haar hand voor haar mond. 'Ik ben Jent vergeten!'

Sinds ze bij Chelsea was, had ze niet meer aan hem gedacht.

Chelsea trok haar wenkbrauwen een stukje omhoog. 'Wie is Jent nou weer? Daar heb ik je nog nooit over gehoord.'

'Een jongen van school,' vertelde Daphne enthousiast. 'Hij zit bij mij op school en ik ontmoette hem laatst in de supermarkt. Daar deed hij vakantiewerk. En vanochtend zag ik hem weer bij *Jobs lekkere broodjeshuis*. Hij heeft daar een vakantiebaantje. Hij is echt aardig en wilde iets afspreken.'

'Dat lijkt me dus geen goed idee.' Chelsea schudde haar

hoofd. 'Als je niet meteen door de politie weer naar huis gebracht wilt worden, moet je geen ontmoetingen hebben met bekenden.'
'Jent verraadt me heus niet.'
'Daar weet je niets van,' meende Chelsea. 'Als zo'n jongen een beetje onder druk wordt gezet, slaat ie meteen door.'
'Dus jij vindt dat ik niet moet afspreken.'
'Als je een poosje zonder ouders wilt, dan niet.'
'Maar hij is zo aardig.'
'Ik vind Raoul echt een type voor jou en die is ook aardig. Hij is net zeventien, geloof ik, dus qua leeftijd past dat mooi.'
Daphne dacht aan Raoul. Ze vond hem inderdaad best aantrekkelijk.
'En Raoul heeft geen vriendinnetje,' voegde Chelsea eraan toe. 'Bovendien, je hebt helemaal geen tijd voor afspraakjes want vanavond gaan we uit en morgen gaan we met de jongens naar Walibi. Ik trakteer ze omdat ze die kamer zo snel hebben opgeknapt. En luister eens, ik heb je ouders een berichtje gestuurd met je oude mobiel, dat je een weekje aan het logeren bent en ik heb die Sanne van jou ook afgezegd.'
'Hallo, dat had ik toch zelf kunnen doen?'
'Natuurlijk schat, maar ik dacht dat je dat best moeilijk zou vinden en ik vond het helemaal niet moeilijk.'
'Wat heb je dan geschreven?'
'Gewoon. Aan je ouders dat je bij je beste vriendin logeert en aan Sanne ongeveer hetzelfde.'

'Heb je geen rare dingen...'
Chelsea leek verontwaardigd. 'Natuurlijk niet. Dat zou ik toch nooit doen?'
'Wat hebben ze geantwoord dan?'
'Dat weet ik niet, hoor!' weerde Chelsea af. 'Ik heb die mobiel uitgezet.'
'Mag ik zien?'
'Ja straks,' beloofde Chelsea. 'Nu eerst mooi maken en dan... feestvieren!'

- 18 -

Daphne was doodmoe toen ze die nacht om drie uur op haar bed viel en haar schoenen uitschopte. Eigenlijk had ze om elf uur naar huis gewild, maar daar hadden Chelsea en de jongens niets van willen horen. Chelsea had haar een pilletje gegeven om de moeheid te verdrijven. Daarna had ze zich te gek gevoeld en was volledig uit haar dak gegaan. Ze had staan swingen met Raoul alsof ze nooit anders had gedaan.
In de prachtige kleren die ze van Chelsea had mogen lenen, had ze zich zelfverzekerd gevoeld. En telkens als ze in de spiegel in het toilet had gekeken, was er een schok van verrassing door haar heengegaan. Was zij dat werkelijk, dat meisje met die zwarte ogen, die matte huid en die gladde, zijdezachte haren. Chelsea had een klein wonder aan haar gezicht verricht.
Ze had de bewondering in Raouls ogen gezien, maar voor zijn gezicht schoof steeds dat van Jent. Ze zou hem morgen een sms'je sturen. Het telefoonnummer zat veilig opgeborgen in haar tas.
Toen ze thuiskwamen, had Raoul haar gezoend. Heel lief en zacht. Eerst op haar wangen en vervolgens hadden zijn lippen heel lichtjes de hare geraakt. Eventjes maar. Ja, ze vond hem leuk, maar dat vond ze Jent ook.

Zo had je geen vriendje en zo had je er twee. Nou ja, van Jent wist ze eigenlijk niet of die haar wel leuk vond. Die wilde haar vooral helpen.
Cool was het hier, echt vet cool. Het enige nadeeltje was dat Chelsea af en toe nogal bazig deed. Ze had best gemerkt dat de jongens dat af en toe ook vonden, alhoewel ze er niets van zeiden.
Ze wilde nu het liefst onder haar nieuwe dekbed kruipen en slapen, maar ze moest eerst haar gezicht schoonmaken en haar tanden poetsen.
Ze kwam moeizaam overeind. Pfff, ze was echt moe. 't Is ook een lange dag geweest, zou haar moeder gezegd hebben. Een goede nachtrust doet wonderen.
Hoe zou het met mama zijn? En met papa? Ze had hen wel de stuipen op het lijf gejaagd. Ze voelde zich een beetje schuldig, maar ze hadden het er zelf ook naar gemaakt. Hadden ze haar maar niet moeten negeren. Ze moest ineens weer denken aan de berichtjes die Chelsea met haar oude mobiel verstuurd had. Ze was helemaal vergeten Chelsea daar nog weer naar te vragen.
In de badkamer poetste ze haar tanden en schminkte haar ogen af. Toen ze de badkamer uitkwam, hoorde ze Chelsea en Raymond zachtjes praten. Ze wilde haar kamer binnengaan, toen ze opeens haar naam hoorde noemen. Ze bleef staan en spitste haar oren. Ze hoorde hen een moment lachen. Wat zeiden ze over haar? Ze bleef nog even staan, maar toen ze toch niets van het gesprek kon opvangen, ging ze haar nieuwe kamer binnen, kroop in bed en trok

het nieuwe dekbed over zich heen. Alhoewel ze lekker lag, duurde het nog heel lang voor ze eindelijk in slaap viel.

- 19 -

Daphne werd wakker, omdat er tegen haar arm geduwd werd. 'Wat kun jij slapen zeg!' klonk de stem van Chelsea. 'Ik sta hier al een kwartier te roepen!'
Langzaam deed Daphne haar ogen open. Waar was ze? Meteen realiseerde ze zich dat ze bij Chelsea logeerde.
'Kom d'r uit. We vertrekken over een half uur.'
'Hoe laat is het dan?' geeuwde Daphne.
'Elf uur. Half twaalf rijden we, hoor!'
'Oké, ik ga douchen.' Daphne sloeg slaperig het dekbed terug en zwaaide haar benen over de rand.
Op de gang kwam ze Raoul en Jeffrey tegen die net binnenkwamen. Raoul glimlachte naar haar en Jeffrey knipoogde. 'Lekker geslapen op je mooie kamer?' vroeg hij.
Ze knikte. 'Ik ga douchen.'
'Ik wilde dat ik jouw douchegel was.' Jeffrey knipoogde opnieuw.
Daphne voelde dat ze rood werd. Wat een stomme opmerking.
'Gedraag je een beetje,' zei Raoul. 'Dat soort dingen zeg je maar tegen je vriendin.'
'Maar dat kan niet, want die is op vakantie!'
Daphne vluchtte de douche in. Die Jeffrey vond ze het

minst aardig. Gisteravond had hij ook al zo naar haar zitten kijken. Jammer dat die vriendin van hem er niet was. Ze was liever met z'n vieren gegaan, maar ja, hij hoorde blijkbaar bij het vriendenclubje.

Toen ze de douche uitkwam, liep ze Leila tegen het lijf.
'Alles goed?' vroeg Leila.
'Ja.'
'Weet je, als je een keer wilt praten, dan kom je maar langs.'
Daphne keek haar een beetje verbaasd aan. 'Praten waarover?'
'Zomaar,' zei Leila vaag. 'Niet over iets specifieks of zo.'
De deur van Chelseas kamer ging open en Chelseas hoofd verscheen om de hoek. 'Wat staan jullie nou te kletsen?'
'Nee, niks.' Leila verdween in de douche.
'Ben je zover?' wendde Chelsea zich tot Daphne. 'We gaan.'

Toen ze om een uur of acht weer thuiskwamen, was Daphne doodmoe en misselijk. Om half een waren ze in Walibi geweest. Raymond had een snelle auto en hij had ook hard gereden. Soms wel 150 kilometer per uur. Zij had op de achterbank gezeten, ingeklemd tussen Jeffrey en Raoul. Dat was niet bepaald prettig, maar ze had weinig keus gehad. Ze hadden veel gelopen en ook veel moeten staan wachten bij de verschillende attracties want het was druk geweest. Chelsea had de meest spectaculaire attrac-

ties uitgezocht en Daphne had het af en toe doodeng gevonden, maar ze was toch gegaan. Ze wilde bewijzen dat ze niet zo'n bangerd was als Chelsea dacht.
Daphne wilde nu het liefst een poosje alleen zijn op haar kamer, maar Chelsea gaf haar niet de kans. Ze stuurde de jongens weg om pizza's te gaan halen voor het avondeten.
'En wij gaan ons mooi maken voor vanavond,' zei ze tegen Daphne.
'Gaan we dan alweer uit?' vroeg Daphne.
'Natuurlijk, je wilt toch niet doodgaan van verveling?'
'Ik ben moe,' protesteerde Daphne. 'Ik wil straks gewoon in m'n bed liggen en nog een beetje lezen.'
De waarheid was dat ze wilde nadenken over alles wat er was gebeurd, over het conflict met haar ouders en over Jent. Ze had bijna geen moment tijd om tot zichzelf te komen. Sinds ze hier logeerde, was haar leven in een stroomversnelling geraakt. Chelsea liet haar geen moment met rust en nam haar volledig in beslag.
'Boring!' Chelsea schudde haar hoofd. 'Thuiszitten kun je nog genoeg in je leven, je moet nu genieten, nu het kan.' Ze haalde een potje met pilletjes uit haar tas en gaf Daphne er een. 'Hier knap je wel van op!'
Daphne keek naar het kleine pilletje in haar hand. 'Ik heb er gisteravond ook al een gehad.'
'Nou, dat beviel toch goed? Je ging helemaal los.'
'Maar pillen zijn toch niet gezond?'
'Wie zegt dat nou weer? Pillen zijn juist om je gezond te maken. Je bent moe, nou dan zorg je ervoor dat je niet

meer moe bent en lol kunt maken. Niks mis mee, toch? Ik slik die dingen zo vaak. Ze stak er twee tegelijk in haar mond.
'Chel, mag ik je wat vragen?'
'Vraag maar op.'
'Nu je verkering hebt met Raymond, ga je nu nog steeds voor geld met andere jongens naar bed?'
Chelsea keek haar aan en schoot toen in de lach. 'Nee, dat zou Raymond niet goedvinden, natuurlijk. Dat begrijp je toch wel?'
'Weet hij wel dat je dat gedaan hebt?'
'Nee joh, ben je gek? Zoiets vertel je toch niet? En jij houdt er ook je mond over hoor!' voegde ze er dreigend aan toe.
'Maar hoe kom je dan aan geld?'
'Ik had je toch verteld van die erfenis van m'n oma?' zei Chelsea.
'Maar die had je toch ook al toen je dat andere wél deed?'
'Je lijkt wel iemand van de politie,' viel Chelsea uit. 'Vertrouw je me niet of zo?'
Daphne beet op haar lip.
'Sorry.' Chelsea sloeg een arm om haar heen. 'Ik snap ook wel dat het in jouw ogen allemaal vreemd is.'
'Je had Floris ook gevraagd.'
'Wie?'
'Floris, de vader met die twee kindjes, die we toen in het zwembad ontmoetten. Diezelfde avond waarschuwde Floris mij voor jou. Jij had geprobeerd hem te verleiden toen ik met Jasmijn in het water was.'

'O die. Ja, in die man heb ik me een beetje vergist. Het leek wel een leraar zoals hij tegen me begon te preken, toen ik hem voorstelde om een keer bij me langs te komen.'
'Maar als je al wist dat hij niks wilde, waarom deed je dan alsof je hem aan mij gunde?'
'Schatje, ik word hier heel moe van. Het gaat erom of we het nu leuk hebben en het is toch leuk?'
'Jawel. Maar die Jeffrey...'
'Ja, dat is nou eenmaal een beetje een rare. Daar moet je je niks van aantrekken. Raoul is toch een leukje?'
'Ja, dat wel, maar Jent...'
'Die moet je uit je hoofd zetten,' zei Chelsea beslist. 'En nu gaan we lekker tutten. Kom, slik eerst dat pilletje maar even door, dan kun je de wereld weer helemaal aan!' Ze gaf haar een glas water.
Daphne bekeek het pilletje in haar hand, stopte het vervolgens in haar mond en dronk het glas in een teug leeg.
'Weet je trouwens dat ik zaterdagmorgen moet oppassen?'
Met een klap zette Daphne het glas op tafel.
'Dát kan dus niet,'zei Chelsea.
'Maar, dat is toch lullig,' meende Daphne,
'Héél lullig, maar het is even niet anders, schat.' Chelsea sloeg haar arm om Daphne heen. 'Die man vindt wel een ander grietje om op te passen. Kom op, we gaan tutten.'
Even later stonden ze met de armen om elkaar heen te giechelen voor de spiegel.

- 20 -

'Donker haar zou jou volgens mij vet cool staan.'
'Denk je?' vroeg Daphne.
Het was zaterdagmiddag en ze waren aan het winkelen. Daphne had vanochtend de gedachte aan Jobje en Jasmijn weggestopt. Ze had er nog even aan gedacht om Floris een berichtje te sturen, maar ze had dat idee ook maar weer laten varen. Het werd er toch niet anders door.
Het was loeidruk en Chelsea was op zoek naar een geschikte outfit voor die avond. Ze zouden namelijk naar *Stars of heaven* gaan, dé disco in de stad. Daphne had er al vaak over horen praten in de klas. Sommige meiden gingen er elk weekend naar toe. Zij niet, nooit. Haar ouders dachten dat de disco een broeinest van drugsdealers en verkrachters was.
'Zeker weten. Je hebt van die donkere wimpers en wenkbrauwen en dan staat donker haar altijd mooi,' wist Chelsea.
Ze stonden naast elkaar in de spiegel hun eigen en elkaars kleren te bewonderen. Chelsea had een nauwe zwarte broek aan en daarboven een zilverkleurig hemdje. Daphne had op aanraden van Chelsea een skinny jeans met een zwart glitterhemdje daarboven aangetrokken.
'Ik heb een idee.' Chelsea pakte Daphne bij de arm. 'Een

superidee! We gaan zo'n make-over voor jou doen. Ik heb een vriendin die daar hartstikke goed in is.'

Daphne moest denken aan *Holland's next topmodel* en *America's next topmodel* waarin de meisjes ook altijd een totale make-over kregen. Het leek haar aan de ene kant leuk, maar aan de andere kant ging het wel ver.

'Ik moet na de vakantie wel weer naar school,' zei ze.

'Ja, en?'

'Ik wil niet heel erg opvallend veranderen.'

'Nog steeds dezelfde bange badmuts. Meid, doe toch eens gek!'

Daphne bekeek zichzelf in de spiegel. 'Staat donker haar wel bij mijn ogen?'

'Grijze ogen staan prachtig bij donker haar.'

'Maar ik wil het niet kort.'

'Dus je doet het?' Chelsea schudde haar opgetogen heen en weer.

Daphne knikte. Het was ook eigenlijk best leuk om zoiets een keer te doen. Die meisjes op televisie werden er vaak een stuk leuker door. En zij wilde vanavond op haar allermooist zijn, want ze zou Jent zien. Zonder dat Chelsea het wist, had ze Jent gisteren een sms'je gestuurd dat ze vanavond vanaf een uur of tien in *Stars of heaven* zou zijn. Raoul was leuk, maar ze vond toch Jent leuker. Chelsea wilde daar echter helemaal niets van horen.

'Dan doe ik mijn haar blond.' Chelsea zwaaide haar donkere haren naar achteren. 'Bruine ogen met blond haar is een van de zeven schoonheden, wist je dat?' Ze wachtte

niet op antwoord, maar ratelde verder. 'Ik weet wel een kapper die dat heel goed doet. Laten we snel afrekenen en dan gaan.'
In de kleedkamer trokken ze hun eigen kleren weer aan.
'Hé, mag ik vanavond weer iets van jou lenen?' Daphne knoopte haar spijkerbroek dicht.
'Je kunt dit toch aandoen?' Chelsea wees op de kleren die op de grond lagen.
'Ik heb toch geen geld om iets te kopen?'
Chelsea zuchtte. 'Dacht je nou echt dat ik alleen iets voor mezelf zou kopen? Hoe vaak moet ik dat nu nog zeggen? Jij bent mijn beste vriendin, bijna een zusje. Jij hebt geen geld, ik toevallig wel. Logisch toch dat ik dan voor jou betaal? Dat zou mijn oma ook gewild hebben. Die hield niet van gierigheid.'
'Ja, maar...'
'Geen gemaar. We gaan.' Chelsea pakte alle kleren bij elkaar en rekende af bij de kassa.
'Nu een andere look,' zei Chelsea toen ze weer buiten stonden. Ze haakte bij Daphne in en stevig gearmd slenterden ze de winkelstraat door op weg naar de kapper.

Sprakeloos keek Daphne een paar uur later in de spiegel van de kapper. De donkere kleur van haar haren stak mooi af tegen haar huid en kleurde perfect bij haar ogen, die nu nog grijzer leken. Chelsea had op het laatste moment bedacht dat zij toch maar niet een andere kleur wilde. Daardoor was Daphne weer gaan twijfelen, maar de kapper had haar overgehaald.

'Je lijkt er ouder door,' zei Chelsea. 'Echt vet mooi. Jij gaat vanavond scoren, wedden? Raoul weet niet wat hij ziet.'
'Ik ben niet verliefd op Raoul.'
'Tuurlijk wel,' zei Chelsea beslist. 'Raoul is een echte hunk.'
'Daarom hoef ik hem toch nog niet leuk te vinden?'
'Hij vindt jou wel leuk. En je wil toch een vriendje? Je bent al zestien! Leukere jongen dan Raoul vind je niet zo gemakkelijk.'
'Jent...' begon Daphne. Ze stopte toen ze de boze blik in Chelseas ogen zag.
'Je moet ophouden over die Jent! Dat is iemand uit je vorige leven.'
'Hoe bedoel je?' vroeg Daphne.
'Ach nee, niks.' Chelsea schudde haar hoofd.
'Hoezo vorig leven?' hield Daphne aan.
'Nou ja, je leven met je ouders, school, Sanne. Dat is nu voorbij, toch?'
'Ik ga na de vakantie gewoon weer naar school hoor.'
'Oké, school dan wel, maar al het andere... je hebt nu nieuwe mensen met wie je optrekt. Dan moet je afscheid nemen van de oude.'
'Ik logeer alleen maar bij jou. Misschien ga ik wel weer naar huis.'
'Je denkt toch niet dat je nog langer welkom bent bij je ouders?'
'Natuurlijk wel.'
Chelsea lachte een lach die haar ogen niet bereikte. 'Geloof het maar niet.'

'Hoezo niet?'
'Geloof mij nou maar. Als een kind eenmaal is weggelopen, dan willen zijn ouders hem niet meer.'
'Mijn ouders wel,' zei Daphne met overtuiging.
Chelsea zweeg en zuchtte diep.
'Wat is er?'
'Nou ja, ik had het je eigenlijk niet nu al willen vertellen.'
'Wat niet?'
Chelsea zuchtte weer. 'Ik weet niet zo goed hoe ik je dit moet zeggen.'
'Wat dan?'
'Dit is zó lullig.'
'Wat dan? Toe nou Chel, zeg het.'
'Gisteren kwam er een berichtje op je oude mobiel binnen, een berichtje van je ouders.'
'Wat schreven ze?'
'Ze hoeven je niet meer.'
'Dat, dat geloof ik niet.'
'Echt waar. Zo gaat dat met ouders. Met mij toch ook? Zodra je iets doet wat hun niet bevalt, dan dumpen ze je.'
'Mijn ouders niet,' zei Daphne beslist.
'Had je gedacht. Ik zal het je zo, als we thuis zijn laten zien.'

Met een akelig gevoel in haar buik herlas Daphne het verpletterende berichtje van haar ouders.
Je bent onze dochter niet meer.
Ze zag dat het berichtje met haar moeders mobiel was verstuurd.

Chelsea sloeg een arm om haar heen. 'Dat was te verwachten. Eerst negeren ze je omdat ze denken dat ze je daarmee klein krijgen. En als je dat niet pikt, dan deleten ze je als dochter. Joh, ik weet er alles van.'
Daphne bleef heel stil zitten. Dit kon niet waar zijn. Zo waren haar ouders niet. Die hielden van haar. Ze waren streng, bezorgd en vaak onredelijk, maar dit... Ze kon het zich niet voorstellen.
En Chelsea dan? zeurde een klein stemmetje in haar hoofd. Die had ongeveer hetzelfde meegemaakt met haar ouders.
'Zo zijn vaders en moeders nu eenmaal,' zei Chelsea alsof ze Daphnes gedachten kon raden. 'Die houden niet van kinderen die er een eigen mening op na houden. Ze zijn dol op je zolang je klein, gehoorzaam en schattig bent. Bah!' Ze smeet de oude mobiel van Daphne op de tafel. 'Maar we laten ons niet klein krijgen! We kunnen heus wel zonder ouders.'
Daphne zat heel stil met haar handen voor haar gezicht geslagen. Haar ouders hadden haar in de steek gelaten.
'Lieverd, gaat het wel?' Chelseas stem was heel dichtbij. Ze streek zachtjes over Daphnes haar. 'Het komt heus wel goed. Je went eraan. En ik ben er toch om je te helpen?'
Ze stond op en vulde een glas water bij de kraan. 'Hier, drink een beetje.' Ze duwde het glas in Daphnes hand en pakte daarna het potje pilletjes uit haar tas.
'Geef me er maar twee,' zei Daphne dof. 'Of nog beter drie, vier, weet ik het.'

'Niks ervan, een is voor jou genoeg.' Chelsea schudde er eentje op haar hand.
Lamlendig slikte Daphne het door.
'Kom op, meid.' Chelsea schudde haar even heen en weer. 'We trekken ons van niets en niemand wat aan. We gaan er een spetterende avond van maken!'

- 21 -

Om tien uur stonden ze voor *Stars of heaven*. Chelsea kocht vijf toegangskaartjes. Binnen was het warm, lawaaierig en druk. De dansvloer was afgeladen. Raoul sloeg zijn arm om haar schouder. 'Je bent prachtig,' fluisterde hij in haar oor.
Bij het ophalen hadden de jongens hun bewondering voor haar niet onder stoelen of banken gestoken.
'Eerst maar iets drinken?' toeterde Chelsea.
Ze gingen een open trap op naar boven. Onder hen zag Daphne de ritmisch bewegende lichamen. Hoe zouden Jent en zij elkaar hier in deze drukte ooit kunnen treffen?
Chelsea bestelde drankjes aan de bar en proostte. 'Op je nieuwe leven!' Ze knikte Daphne even toe. Ook de jongens hieven hun glas.
Haar nieuwe leven. Voor Daphne had het zijn glans verloren na het berichtje van haar moeder. Ze realiseerde zich dat ze nog niet echt van haar ouders wegwilde. Natuurlijk, ze baalde van hun bezorgdheid, hun strengheid en hun saaiheid, maar ze hield van hen. Ze had hen willen uitdagen zodat ze wat meer vrijheid zou krijgen, maar dit had ze nooit gewild. Ze had alleen maar een poosje bij Chelsea willen logeren. Ze realiseerde zich ook dat ze helemaal niet over het vervolg had nagedacht. Niet echt tenminste.

Ze nam een grote slok van haar drankje. Het smaakte lekker. Ze voelde hoe Raoul dicht tegen haar aan stond. Hij rook lekker.
'Dansen?' vroeg Raoul, toen ze haar drankje ophad. 'Of nog zo'n glaasje?'
'Nog een glaasje.'
Het tweede glaasje stond in een oogwenk voor haar en ze dronk gretig. Ze voelde zich rustiger worden, vrolijker ook. Wat maakte ze zich ook druk? Ze had het nu toch hartstikke gezellig met haar vrienden?
Raoul legde een arm om haar schouder. 'En nu dansen!' Hij nam haar mee de trap af en ze voegden zich tussen de mensen die op de dansvloer stonden te swingen. Daphne voelde zich opgenomen door de harde muziek en de ritmisch bewegende lichamen om zich heen. Ze danste zoals ze nog nooit eerder had gedanst. Onvermoeibaar.
'Hé Daphne!' Ze voelde een hand op haar schouder en keek om.
'Jent!'
Ze zag dat hij wat zei, maar de muziek was zo hard, dat ze niets verstond.
'Wát?' Ze hield haar hand bij haar oor.
'Ik dacht dat wij een afspraak hadden?' schreeuwde Jent in haar oor en hij keek naar Raoul. 'Maar ik zie dat ik te laat ben.'
'Helemaal niet!' Daphne lachte opgewekt. Ze was zo vrolijk, dat ze er bijna de slappe lach van kreeg. Ze merkte niet eens dat Raoul opeens verdwenen was.

'Kom op, dansen!' Ze pakte Jent bij de hand en maakte dansbewegingen. Ze voelde zich licht en zorgeloos.
'Wat is er met je gebeurd?' Jents lippen kriebelden tegen haar oor. 'De laatste keer dat ik je zag, was je zo vrolijk niet.'
'Laten we nou gewoon dansen!' Nu waren haar lippen tegen Jents oor.
Ze waren nog geen minuut aan het dansen, of Daphne voelde dat ze werd vastgepakt.
'Daphne, met wie dans je?' Chelseas stem klonk scherp.
'Dat is Jent!' Ze lachte stralend en lette niet op de boze frons van Chelseas wenkbrauwen.
'Komen jullie zo boven iets drinken?' vroeg Chelsea.
'Als we uitgedanst zijn,' beloofde Daphne. 'Ja, als we uitgedanst zijn.'

Toen ze na een half uurtje boven aan de bar kwamen, stonden hun drankjes al klaar. Chelsea gaf hun allebei een glas.
'Lekker, ik heb dorst!' Daphne dronk het in bijna een teug leeg.
'Sorry,' zei Jent. 'Ik moet morgen weer vroeg op mijn werk zijn. Voor mij geen alcohol.'
'Geef maar hier!' Daphne pakte het uit zijn hand en zette het aan haar mond.
'Nee!' Chelsea wilde het glas grijpen, maar ze was te laat.
'Daph, je moet niet zoveel zuipen!'
'Lekker toch?'
Jent had inmiddels aan de bar een glas cola besteld.

''k Moet piesen.' Daphne liet zich van haar kruk glijden. Ze voelde zich ineens wat misselijk en duizelig.
'Ik loop met je mee,' zei Chelsea.
Ze liepen samen naar de toiletten. Toen ze eenmaal op het toilet zat, nam de misselijkheid toe. Het kleine hokje tolde. Daphne drukte haar handen tegen haar hoofd.
Ze wankelde bijna het toilet uit. Chelsea sloeg een arm om haar heen om te voorkomen dat ze tegen de grond sloeg.
'Je hebt teveel gedronken, meis, we gaan naar huis.'
Op de gang stonden Raoul, Jeffrey en Raymond te wachten. Raymond en Raoul namen haar tussen zich in, terwijl Chelsea haar tegen haar wangen sloeg. 'Kom op Daphne, thuis mag je slapen!'
'Nee nu!' De woorden kwamen dik en stroperig uit haar mond.
Ze namen haar mee naar de garderobe voor hun jassen.
'Daphne, Daphne, waar ga je heen?' De stem kwam van heel ver.
Daphne draaide met moeite haar hoofd en zag door een bijna ondoordringbare mist Jent staan.
'Wat is er met je?'
Ze probeerde wat te zeggen, maar de woorden bleven in haar keel steken.
'Teveel gedronken,' hoorde ze Chelsea zeggen. 'We nemen haar mee naar huis.'
Weer de stem van Jent. 'Dokter,' was het enige wat ze opving.
'...niet nodig.' Dat was de stem van Chelsea.

Opeens werd ze meegezogen in een draaikolk van duizeligheid en misselijkheid.
Ze hoorde iemand heel hard schreeuwen. Toen verdween ze in een inktzwarte duisternis.

- 22 -

Toen de inktzwarte duisternis weer wegtrok, merkte Daphne dat ze in een bed lag. Haar ouders en Jent zaten aan weerskanten. Ze voelde zich vreselijk duf. Zo duf dat ze ook meteen weer in slaap gleed. Ze merkte alleen nog dat mama een kus op haar wang drukte en dat papa over haar haren streek.

Toen ze voor de tweede keer wakker werd, zaten ze er nog.

'Wat is er gebeurd?' vroeg ze. 'Waarom lig ik hier?'

Haar moeder huilde en haar vader kuchte. 'Laat Jent het maar vertellen,' zei hij. 'Die was erbij.'

Ze keek Jent vragend aan.

'Wat weet je nog?' vroeg hij.

'Dat ik niet goed werd en dat er toen iemand heel hard om hulp ging schreeuwen.'

'Dat was ik. Jouw vrienden wilden je stiekem meenemen en ze wilden geen hulp voor jou halen. Toen ik ging schreeuwen, gingen allerlei mensen zich ermee bemoeien en werd 112 gebeld. Je bent door de ambulance hier naar toe gebracht en ik ben meegegaan.'

'Wilde Chelsea niet mee?' vroeg Daphne verbaasd.

'Eh, nee,' zei Jent. 'Om eerlijk te zijn, die sloeg me keihard in m'n gezicht, toen ik zei dat je een dokter nodig had. Wat een bitch zeg, die vriendin van jou.'

Daphne kauwde op de binnenkant van haar wang.
Haar vader ging verder. 'Jent wist gelukkig jouw achternaam en zo konden ze ons opsporen.'
'Op de camping?' vroeg Daphne.
'Nee, toen jij weg was, zijn we naar huis gegaan.'
'Maar wat is er dan met me aan de hand?'
Haar vader kuchte weer. 'In het ziekenhuis zijn direct bloedmonsters genomen en toen bleek dat je teveel alcohol in je bloed had in combinatie met GHB. Dat is een verdovend middel.'
Daphne voelde zich verward. 'Dat heb ik niet gehad,' zei ze meteen. 'Ik eh, ik nam soms alleen iets om minder moe te zijn.'
'Waarschijnlijk hebben die vrienden van je dat door je drankje gemixt. Ze hadden slechte bedoelingen met je, lieverd.'
Daphne voelde honderden kleine speldjes koud en hard in haar nek prikken.
'En jij dronk mijn drankje ook nog op,' zei Jent, 'en daar zat het waarschijnlijk ook in, want ze wilden mij dumpen omdat ik met jou danste. Zo kreeg je een dubbele dosis binnen.'
Daphne luisterde verbijsterd. Ze kon het bijna niet geloven. Chelsea, die zo lief voor haar was geweest en haar steeds geholpen had. Raoul die verliefd was, althans, zo had hij zich gedragen. Zouden die twee haar kwaad hebben willen doen? Jeffrey, dat kon ze zich nog een beetje voorstellen, maar Chelsea? Het was bijna niet te geloven.

Ze voelde zich moe, doodmoe. Ze sloot haar ogen en zakte opnieuw in een loodzware slaap.

De volgende dag kwam al vroeg een vrouw van de zedenpolitie langs. Ze stelde zich voor als Inez en legde uit dat de zedenpolitie zich bezighield met zaken over seksueel misbruik. 'We dachten dat je misschien seksueel misbruikt was, omdat je GHB in je bloed had.'
Daphne zag dat haar ouders schrokken.
'Nee! Ik heb echt met niemand seks gehad! Nee toch?' Radeloos en verward keek ze naar Inez.
Of vergiste ze zich en was het wel gebeurd? Ze moest denken aan Nina uit GTST die zonder dat ze het merkte van haar vriend een verdovend middel had gekregen. Dat had hij stiekem door haar drankje gedaan. En daarna was ze door hem en twee van zijn vrienden verkracht.
'Stil maar,' suste Inez. 'Uit het onderzoek van gisteravond blijkt inderdaad dat er geen seks is geweest. Ik denk dat je heel veel geluk hebt gehad.'
Daphne slaakte een diepe zucht van opluchting.
Vervolgens stelde Inez allerlei vragen over hoe Daphne ertoe gekomen was om van huis weg te lopen, over de jongens die mee waren naar *Stars of heaven* en over Chelsea.
Daphne vertelde eerst van de problemen met haar ouders. Dat ze nooit wat mocht.
Tot haar verbazing knikte haar moeder en zei haar vader dat ze wel een beetje gelijk had.
Toen vertelde Daphne over Chelsea, hoe ze elkaar ontmoet

hadden en over hun vriendschap. Daar wilde Inez echt alles over weten. Over alle dingen die Chelsea had gezegd en gedaan.
Daphne beet op haar lip. Ze wilde niet over Chelsea roddelen. 'Ze is mijn allerbeste vriendin.'
'Hoelang ken je haar al?' vroeg Inez.
'Vier weken of zo.'
'Is dat niet een beetje kort om te zeggen dat iemand je allerbeste vriendin is?'
Daphne schokschouderde een beetje. 'Ik dacht van niet. Chelsea zei ook dat het tussen ons klikte en dat het zo bijzonder was wat wij hadden.'
'Heb je veel vriendinnen?' wilde Inez weten.
Daphne dacht aan Sanne. Zij was de enige. Ze schaamde zich ervoor om dat te zeggen.
'Ze trekt op school op met Sanne. Voor zover ik weet is dat haar enige vriendin,' zei haar vader.
'Met Chelsea klikte het dus goed?' ging Inez verder.
'Ja.'
'Was alles leuk aan haar?' wilde Inez weten.
'Het is nooit, dat alles aan iemand leuk is. Toch?' Daphne keek Inez vragend aan.
'Nee, dat is waar,' gaf Inez toe. 'Wil je die "niet leuke dingen" alsjeblieft vertellen?'
En toen vertelde ze het toch. Dat Chelsea gekke dingen verzon, waar zij, Daphne, wel om moest lachen, maar die ze eigenlijk ook niet vond kunnen. Ze vertelde over wat Chelsea vroeger had meegemaakt. En ook dat zij Sanne

had afgebeld. Dat ze eigenlijk niet wilde dat Daphne met Jent omging.
'Had Chelsea veel geld om handen?'
Daphne knikte.
'Vond je dat niet gek?' vroeg Inez.
'Ja, wel een beetje, maar ze zei dat ze een boel geld van haar oma geërfd had.' Daphne aarzelde. Eén ding had ze nog niet verteld.
'Toe maar.' Inez zag blijkbaar dat ze nog meer wilde zeggen.
Daphne schraapte haar keel. 'Chelsea zei dat ze soms met jongens naar bed ging voor geld en ze kon dat ook wel voor mij regelen.'
'En wilde je dat?'
'Nee natuurlijk niet!' riep Daphne verontwaardigd uit. 'Maar later, toen ze een vriend had, wilde zij dat ook niet meer.'
'Die vriend zal wel in het complot gezeten hebben,' meende Inez. 'Ik denk dat Chelsea een lovergirl is. De laatste tijd komen er steeds meer.'
'Lovergirl?' vroeg haar moeder. 'Loverboy ken ik wel.'
Inez legde uit dat lovergirls meiden waren die probeerden aan te pappen met een ander meisje om daar beste vriendin mee te worden. Ze vertelde dat een lovergirl vaak meisjes uitzoekt die een beetje eenzaam zijn, op school gepest worden of thuis problemen hebben.
'Zij had zelf ook problemen,' wierp Daphne tegen, 'en niet zo'n beetje ook.'

'Als het waar is,' zei Inez sceptisch. 'Deze meiden verzinnen van alles om hun doel te bereiken. Hoewel hun achtergrond inderdaad wel vaak problematisch is.'
'Maar ze respecteerde wel dat ik niet voor geld met jongens naar bed wilde.' Daphne voelde zich vreselijk. Was het werkelijk waar dat dát Chelseas bedoeling was geweest? Dat ze haar erin had willen luizen?
'Het had gisteravond wel eens het plan kunnen zijn geweest om toe te slaan,' zei Inez. 'Vaak wordt een slachtoffer op een gegeven moment verkracht en kan ze vervolgens geen kant meer op, want dan wordt ze zwaar geïntimideerd. Er wordt gezegd dat ze zelf wilde en dat haar ouders haar niet meer als dochter willen.'
Daphne sloeg haar handen voor haar mond. Dát was wat Chelsea had gezegd. En ze had het bovendien gelezen in een sms'je van haar moeder.
'Wat is er?' vroeg Inez.
'Chelsea liet mij een sms'je zien waarin stond dat mijn ouders mij niet meer als dochter wilden.' Daphnes stem klonk gesmoord. 'Dat, dat was zo vreselijk. Op dat moment kon het me allemaal niks meer schelen.' Daphne barstte in snikken uit.
Mama legde geschrokken haar hand op de hare. 'Lieverd toch. Ik, ik had inderdaad dat vreselijke berichtje aan je verstuurd, maar ik had al spijt toen ik op verzenden had gedrukt.'
'Hanna, hoe kon je?'zei haar vader verwijtend.
Toen begon haar moeder ook te huilen. 'Ik weet het niet.

Maar ik verstuurde bijna meteen een berichtje om te zeggen dat ik het niet meende. Dat het een vergissing was en dat we ondanks alles van je hielden. Dat we wilden dat je terugkwam.'

Daphne haalde een paar keer diep adem. 'Hoe kan dat nou? Dat heb ik niet gelezen.'

Opeens drong het glashelder tot haar door. Ze beet op haar lip. 'Chelsea had mijn mobiel en ze had mij een nieuwe gegeven,' zei ze moeizaam. 'Ze heeft natuurlijk dat laatste berichtje van jou verwijderd.'

Toen barstte ze opnieuw in snikken uit.

Haar moeder sloeg haar armen om haar heen en wiegde haar, zoals ze haar vroeger wiegde, toen Daphne nog maar een klein meisje was en verdriet had.

'Daphne, geef me het adres van Chelsea.' Inez stem was dringend.

Het duurde een hele poos voor Daphne in staat was het adres op het kaartje te schrijven dat Inez haar gaf.

- 23 -

Twee dagen later kwam Inez opnieuw langs. Dit keer gewoon thuis want Daphne was inmiddels uit het ziekenhuis ontslagen.
Inez vertelde dat de politie bij Chelsea langs was geweest, maar dat die spoorloos was verdwenen. Ze hadden in huis alleen twee meiden aangetroffen, Leila en Molly, twee vriendinnen van Chelsea, die voor haar moesten werken. Leila en Molly waren meegenomen voor verhoor. Ze waren minderjarig en het zag ernaar uit dat Chelsea ze gedwongen had. Van de drie jongens ontbrak ook elk spoor.
Daphne wist niet wat ze hoorde. De afgelopen twee dagen had ze gedacht, of misschien eerder gehoopt, dat alles op een misverstand berustte. Dat Chelsea het aan de politie had kunnen uitleggen.
Maar het was dus werkelijk waar wat Inez had gedacht. Chelsea was een lovergirl en ze had meisjes die voor haar werkten. En ook haar had ze willen ronselen.
Daphne drong de tranen die ze voelde terug. 'Ze leek aardig.'
'Tja,' zei Inez.
Ze vertelde dat Chelsea al tweeëntwintig was. Dat hadden Leila en Molly gezegd en ook dat ze regelmatig mishandeld werden door een zekere Jeffrey.

'Dat vond ik ook een engerd.' Daphne rilde.
'Maar we hebben dus niemand kunnen oppakken, want de vogels zijn gevlogen.' Inez zuchtte. 'Het is zo moeilijk om die lui te pakken te krijgen. Doodzonde.'
'Dus dan kan zo'n meid gewoon verder haar gang gaan?' Haar moeder fronste haar voorhoofd.
'Helaas wel,' antwoordde Inez.
'Dat is toch te gek voor woorden?'
'Ja mevrouw, dat is het ook, maar wij kunnen geen ijzer met handen breken.' Inez stond op. 'Ik denk het niet, maar mocht Chelsea weer contact met jou opnemen, hoor ik dat dan?'
Daphne knikte. Ze wist zeker dat ze zou moeten huilen als ze iets zou zeggen, dus kneep ze haar lippen op elkaar en drukte haar nagels stijf in haar handpalmen.

- 24 -

Lief dagboek,
De zomer is voorbij en het nieuwe schooljaar is begonnen. Chelsea ben ik kwijt en het is gek, ik ben opgelucht dat het allemaal goed is afgelopen, maar tegelijkertijd mis ik haar ook. Ik mis de lol die we hadden en ook het gevoel van vertrouwdheid. Ja, dat is wel gek. Ondanks dat onze vriendschap nep was, mis ik haar, mijn vriendin voor één zomer. Ik heb helemaal niets meer van haar gehoord.
Gelukkig is Sanne niet meer boos op me. Eerst natuurlijk wel. Ze vond het zo flauw, gemeen en onbetrouwbaar wat ik haar geflikt had. Ze wilde me niet eens geloven, toen ik het haar uitlegde. Pas toen mama zei dat het echt waar was, trok ze bij.
Stom, ik ben zomaar begonnen te schrijven. Ik had natuurlijk eerst moeten uitleggen waarom ik dit dagboek begonnen ben. Mijn lerares Nederlands zegt altijd dat een inleiding vet belangrijk is. Gelukkig maar dat zij dit toch niet te lezen krijgt.
Dit dagboek ben ik dus begonnen op aanraden van onze gezinstherapeute. Ja ja, geloof het of niet, we zitten met ons gezin in therapie en we zijn vandaag voor de eerste keer geweest. Ik was helemaal stomverbaasd toen mama een week geleden zei dat we in therapie zouden gaan. Ik wist dat niet, maar papa en zij hadden de afgelopen maanden vaak een beetje ruzie over mij. Papa wilde me wat meer vrijheid geven en mama niet. Zij en

papa willen nu leren beter met mij om te gaan. Minder streng en zo, maar dat vindt vooral mama heel moeilijk en helemaal natuurlijk na alles wat er is gebeurd.
De therapeute wil graag dat ik de dingen beschrijf die in ons gezin en ook daar buiten gebeuren. Hoe ik die beleef en wat ik daarvan vind. Zo krijg ik voor mezelf goed op een rijtje wat ik goed vind gaan en wat ik echt graag anders wil.
Daphne kloof op haar pen. Het ging al veel beter de laatste tijd tussen haar en haar ouders. Ze waren nog wel streng en bezorgd, maar ze deden hun best om het minder te zijn.
Straks had ze haar schoolfeest. Dat was altijd aan het begin van het schooljaar. Zij ging dit keer ook. Voor het eerst in al die jaren.
Wat ik goed vind van mijn ouders is dat ik voor het eerst naar het schoolfeest mag. Waar ik van baal is dat papa mij haalt en brengt alsof ik nog een klein kind ben.
Ze sloot haar dagboek en legde het in haar kast. Jent had haar willen halen en brengen. Jent...
Ze liep naar beneden en startte de computer op. Dat hoefde ze tegenwoordig niet meer te vragen, maar ze mocht er geen op haar kamer.
Ze zag dat ze een berichtje van Jent had. *Tot vanavond, xxxJent.*
Ze lachte even. *Tot vanavond, xxxDaphne,* typte ze terug. Ze glimlachte. Vanavond zouden ze verkering krijgen, vast en zeker. Verkering in plaats van een vakantievriendin. Had deze zomer haar toch nog iets goeds gebracht!